KB023931

맛있는 영화관

영화평론가 백정우의
미각 에세이

맛있는 영화관

한티재

식탁의 기쁨, 극장의 즐거움

행복한 날들도 있었습니다.

맛있게 먹은 저녁을 떠올려 보세요.

– 찰스 다윈

2011년 전주국제영화제에서 한 편의 영화가 소개되었다. 마에다 테츠 감독의 〈스키야키〉. 다섯 명의 수감자가 생활하는 교도소의 어느 방. 매년 연말이 되면, 자기가 살아오면서 가장 맛있었다고 생각한 음식을 말하고 순위를 가리는 설날 음식 쟁탈전을 벌인다는 내용이다. 전직 호스트는 10년 만에 찾은 고향집에서 먹은 어머니의 밥, 그러니까 갓 지은 따끈한 밥 위에 버터와 달걀을 얹고 간장을 부어 비벼 먹은 밥을 잊지 못한다. 늙은 재소자가 기억하는 최고의 음식은 어릴 적 가족과 함께 먹은 '스키야키'. 잘 구운 소고기를 달걀 소스와 함께 먹고는 우동 면으로 마무리하는 소고기 전골 요리다. 스모 선수는 상처 입은 자신을 위해 만들어 준 오믈렛라이스와 바겔을 잊지 못한다. 전직 야쿠자는 옛 애인이 만들어 준 파 기름 띄운 라멘을 최고로 꼽는다. 영화 속 인물뿐만 아니라 누구에게나 잊을 수 없는 맛이 존재한다. 고향 어머니의 손맛이거나, 단골 밥집의 익숙한 맛이거나, 고급 식당의 화려하면서 깊은 맛이거나. 내게도 그런 음식이 있다. 음식은 관계이고, 그리움을 소환하는 촉매이다.

유년 시절, 사업을 하던 아버지는 회사 월급날이면 가족을 불고기집으로 불러내곤 하셨다. 지금은 강남으로 본점을 옮긴 '한일관'이 그곳이었는데, 나를 포함해 서울에서 자란 이들에게 한일관은 불고기 맛을 알게 해 준 첫사랑 같은 장소이다. 동銅으로 만든 불판 위에 불고기와 당면과 듬뿍 올린 파를 뒤적이며 내 앞에 고기를 건네주던 아버지의 멋진 모습을 만날 수 있던 곳, 자본주의와 몸을 섞고 살아가는 가장의 존재 증명이 빛을 발하는 장소가, 불고기와 냉면을 주 메뉴로 내던 한일관이었다. 곧 당시의 불고기는 중산층의 상징이자 무탈하고 화목한 가족의 징표였다. 성인이 된 이후로 옛날 불고기를 먹고 싶을 때면 가끔 찾는 대형 한식당조차 그때의 맛에는 미치지 못했다. 때문에, 추억이 담긴 옛날 불고기를 다시는 만나기 힘들 거라고 여겼더랬다. 그래서 음식은 시절에 대한 추억이고 회한인 걸까. 지난 시절을 소환할 때 어김없이 '먹는 기억'이 따라오고 있음을 느낀다. 내 삶의 반은 누군가와 함께 먹은 시간으로 엮였을 테니까. 심지어 어떤 지역과 공간을 이야기할 때에도 랜드 마크의 8할은 음식점이었다.

영화에 등장하는 음식은 그 자체로 캐릭터가 되고, 시절을 반영하며, 플롯을 뒤흔드는 복선으로 기능한다. 때론 짧은 장면에 등장하는 음식이 이야기 전체를 견인하는 경우도 있다. 나는 평생 잊을 수 없는(음식이 등장하는 미장센이 잊히지 않는) 몇몇 영화를 기억한다. 예컨대 〈원스 어폰 어 타임 인 아메리카〉에서 어린 창녀의 환심을 사기 위해 슈크림을 사 들고 찾아간 짝눈이 그녀를 기다리는 동안을 참지 못하고 허겁지겁 다 먹어 치우는 장면이 그렇다. 흠모하는 여인보다 손 안의 슈크림이 더 간절했던 소년의 심정은 얼마나 절절했던가! 〈마더 워터〉의 인물들이 작은 마을 오래된 두부 가게에서 방금 만들어 낸 두부에 간장을 부어 가며 먹던 오프닝을 어떻게 잊을 수 있을까. 또 우아하고 용감한 엄마 안토니아가 마을 사람들을 초대해 나누던 일요일의 정원 만찬은 빼어난 여성 영화 〈안토니아스 라인〉의 메시지를 함축한다. 엄마는 숭고했고, 여성은 위대했으며, 그녀는 한 남자의 여인으로 더없이 사랑스러웠노라고.

영화는 삶을 반영하고 시대를 반영하며 인간의 욕망을 반영한다. 음식에는 만드는 이의 마음과 기운과 내면이 담긴다. 둘은 그래서 동색이다. 영화도 음식도 중심에는 사람이 있다. 사람에 대한 애정이 빠진 음식과 영화는 맛없고 재미도 없다. 지난 2019년 『영화, 도시를 캐스팅하다』를 펴내면서 '캐스팅 시리즈'에 대한 욕심이 생겼다. 마음 가는 대로 가볍게 쓸 수 있다는 건 거부할 수 없는 유혹이었다. 이제, 두 번째 이야기를 내놓는다. 영화가 만난 음식, 음식을 캐스팅한 영화 이야기이다.

　　나는 음식에 관해 공부한 사람도 아니고, 요리하는 사람도 아니요, 식당을 운영하는 사람은 더더욱 아니다. 그저 맛있는 음식을 좋아하고, 놓치기 아까운 곳이 사람들 외면 속에 사라져서는 안 된다고 생각하는 사람일 뿐이다. 그럼에도 불구하고 영화평론가 손끝에서 그려 내는 음식 이야기라면 뭔가 달라야 한다고 믿었다. 어느 영화에 어떤 음식이 나왔다는 정도를 쓰는 건 직무유기라 생각했다. 첫 번째 책과는 다른 색깔과 다른 밀도를 가진 이야기여야만 했다. 무책임한 어조와 게으른 수사가 묻어나서는 안 된다고 여겼다. 선택은 당연히 내가 좋아하는 영화이거나 내가 좋아하는 음식을 기준으로 했다. 프롤로그부터 영화 〈스키야키〉를 언급한 건, 음식은 상상력만으로도 힘을 드러내기 때문이다. SNS를 장악한 '먹는 이야기'는 독자의 상상력을 동력 삼아 힘을 확장한다. 그곳에 가고 싶고 그것을 먹고 싶다는 생각이 꼬리에 꼬리를 물고 확대 재생산·유통

되는 과정은 영화 속 음식 쟁탈전의 미장센과 꼭 닮았다.

이 책에 특별하고 대단한 음식은 나오지 않는다. 보편적이면서 쉽게 접할 수 있는 먹거리에 주목했다. 음식이 영화 전체에 미치는 영향을 더 중시했다. 음식을 먹거나 만드는 과정에 집중한 영화는 물론이고 음식을 둘러싼 다양한 사회문화를 전경으로 내세운 영화를 고루 섞었다. 유독 국수에 애정을 바친 건 내가 살아온 시대와도 무관치 않다. 힘든 시절 정다운 이들과 함께 나누던 음식이 국수였다. 세계인에게 국수만 한 소울 푸드Soul Food가 또 있으랴. 그렇게 잔치국수와 라면과 우동 같은 소울 푸드를 언급하고 싶었다. 〈허삼관〉의 인물에게 돼지 간은 매혈과 보혈을 지속시키는 매개로 질곡의 시대를 돌파하는 동력이었다. 내가 가장 좋아하는 음식인 김밥을 빼놓는다는 건 상상도 할 수 없었다. 〈봉자〉의 서갑숙이 야무진 손놀림으로 말아 낸 김밥. 잊혀진 혹은 대부분이 기억하지 않는 영화를 소환하는 기쁨도 동시에 누렸다. 〈특별시민〉에서 최민식이 소고기구이를 먹는 방식은 독특하지만 실제로 그렇게 먹는 사람을 본적이 있다. 〈첫잔처럼〉은 조달환의 진가가 드러난 작품으로, 끝까지 읽고 영화까지 찾아보는 사이, 라면 물을 올리는 자신을 발견할지도 모른다. 〈광해, 왕이 된 남자〉에서 〈강철비〉까지 매체에 연재한 글을 바닥에 깔고, 〈위대한 개츠비〉와 〈나를 찾아줘〉를 비롯해 다양한 장르를 새롭게 더했다. 침대뿐 아니라 요리도 과학이 되는 시대다. 그 최전선에 분자 요리가 있다. 페란 아드리아와 그의 레스토랑을 다룬 다큐멘터리 〈엘 불리: 요리는 진행 중〉에 적지 않은 분량을 할애한 건 한 시절을 풍미했던 분자 요리에 대한 폭넓은 이해와 현실을 함께 고민하고 싶어서이다. 요리와 요리사의 본령을 확인하는 기회가 될지도 모르겠다. 〈채식주의자〉와 〈잡식가족의 딜레마〉를 포함한 건 채식과 육식에 관한 사적 고민의 결과이기도 하다. 마지막은 김치와 김장 이야기다. 한국을 대표하는 음식이면서 어머니와 고향을 떠올리기에 이만한 것이 또 있을까 싶었다. 잘 익은 김치처럼 농익은 인생이고 싶다는 개인적 소망을 담았다. 뭐든 쉽게 열고 고민 없이 접는 시대다. 기묘하고 눅진한 질감으로 다가온 〈한여름의 판타지아〉는 대미를 장식하기 안성맞춤이었다. 오랜 단골집이 갖는 의미를 되새기는 단초가 되길 바랐다.

영화평론가의 눈과 가슴으로 맛본 음식, 그 너머의 것을 얘기하고 싶었고, 누구나 누릴 수 있는 가장 화려하고 소박한 기쁨에 관한 이야기로 가득 채우고자 했다. 상대의 이야기를 들으면서 침을 삼킨 인원수만큼 점수를 더해 등수를 정하는 〈스키야키〉 속 설날 음식 쟁탈전처럼 이 책을 읽으며 영화를 떠올리고 음식 나오는 장면을 생각하면서 침을 삼키는 이가 많다면 더없이 고마울 일이다. 그만큼 실감나도록 맛깔스런 표현이 담겼다는 방증일 터. 훗날 독자 중 누군가가 이 책을 일컬어 영화와 밥에 관한 섹시한 담론이라 불러 준다면 더 바랄 게 없으리라.

　　2020년 혹독한 봄을 잊지 못할 것이다. 코로나19 감염증에 신음하며 칩거와 격리와 사회적 거리두기로 온 세상이 얼어붙은 그 봄을. 이 책은 바로 그 시절 그 세상의 공기와 함께 시작되었다. 지치고 무기력해진 몸이 너덜너덜해지고 머리가 하얗게 셀 즈음에 탈고했다. 5월 말의 일이었다.

　　다시 한티재와 손잡은 건 당연한 일이었다. 오은지 대표와 변흥철 편집장에게 말과 글로는 다 갚지 못할 빚을 졌다. 졸고를 맛깔나게 갈무리해 준 편집자에게 감사를 전한다. 힘든 시간 동안 지지와 변함없는 신뢰를 건네준 '친애하는 나의 동지들'의 우정에도 깊은 고마움을 얹는다. 그들이 아니었다면 단 한 글자도 적지 못했을 것이다. 이제, 식탁에 앉아 메뉴판을 넘길 시간이다. 독자들을 영화로운 맛의 세계로 초대한다.

차

례

세상에서 가장 비싼 잔치국수

<강철비>

비 오는 날, 뜨끈한 국물이 생각난다. 단골 국숫집으로 향한다. 허름한 가게 안이 벌써부터 손님으로 가득하다. 격식을 차릴 필요도 없다. 화려하게 모양내지 않아도 괜찮다. 멸치든, 고기든, 동치미든, 깊게 우러난 국물 하나만 있어도 국수는 맛깔난 음식으로 변신한다. 특별할 것도 대단할 것도 없는 음식, 젓가락질 몇 번에 바닥이 드러나고 국물까지 들이켜면 식사는 끝이지만 바쁜 걸음을 멈춰 허기진 속을 달래주기엔 국수만 한 것이 없다.

국수는 까다로운 조리법이나 복잡한 식사법을 요구하지 않는다. 손 닿는 데서 비법이 나오며 살림과 가까운 재료들이 맛을 내고 색을 낸다. 삶이 녹록지 않았던 시절, 특별한 반찬 없이도 국수 하나면 넉넉한 식사가 되었다. 어찌 보면 단순한 음식이지만 어느 때고 어디서고 두루 잘 어울리는 음식이 국수다. 이처럼 소박하면서 풍성하고, 평범하면서도 특별한 음식. 나의 국수 사랑은 초등학교 시절로 올라간다.

어릴 적 내가 살던 동네에는 주민센터에서 운영하는 국수 차가 다녔다. 수요일 오후 지정된 장소에 도착한 소형 화물차 앞에 서면 푼돈으로 맛있는 국수를 먹을 수 있었는데, 국수 맛이 끝내준다는 소문이 돌면서 이웃 동네 주민까지 구매 대열에 합류했다. 나중에서야 안 사실이지만 내가 열광했던 국수는 다름 아닌 잔치국수였다. 이후에 국수차의 메뉴는 가락국수로 바뀌었으나 여전히 맛있었다. 그때 먹었던 국수보다 맛있는 국수는 아직 만나지 못했다. 친구들과 땀범벅 되도록 놀다가 먹는 국수 맛을 어디에 비길 수 있겠는가.

영화에서 음식은 중요한 위치를 차지한다. 사람 사는 이야기와 인간 욕망의 파노라마를 그려 낼 때 음식보다 적절한 소품은 없기에 장르를 막론하고 어디에나 등장하고, 때때로 음식 먹는 장면은 오랜 울림을 준다. 진수성찬과 산해진미로 뒤덮는다고 해서 관객에게 강렬한 인상을 남기는 건 아니다. 그러니까 여유로운 일상에서 먹는 기름진 음식은 특별할 게 없지만, 죽을 고생을 한 후 절치부심으로 넘기는 음식은 남다르게 보인다는 것. 국수와 라면 또는 탕과 국밥 유의 서민 음식이 단골로 등장하는 건, 이 때문이다. 관건은 어떻게 하면 음식 먹는 장면을 통해 극중 상황과 인물의 내면이 관객에게 제대로 전달될 수 있느냐이다. 이 지점에서 감독의 고민은 시작된다.

〈내부자들〉에서 한 손을 잃은 이병헌이 왼손으로 서툴게 라면을 먹는 장면은 와신상담의 비장함이 드러나고, 〈택시운전사〉 중 서울로 되돌아가던 송강호가 국수 먹는 장면(참담한 상황을 목도한 사람이 두려움과 답답한 심정으로 국수를 먹을 때, 후루룩 넘기는 것이 아닌 툭툭 끊어 먹을 수밖에 없을 거란 상상에서 발로한 디테일은 송강호가 왜 최고인지를 말해 준다)은 직전에 벌어진 광주의 상황과 겹쳐지면서 보는 이까지 먹먹하게 한다.

2017년 12월 개봉한 양우석 감독의 〈강철비〉는 시퀀스의 상당 부분을 대구에서 촬영하여 화제를 모았다. 초반 개성공단 폭격 신은 달성군 대구과학관에서 로케이션이 이뤄졌는데, 당시 개성공단 세트장에 휘날리는 인공기를 발견한 보수단체가 찾아와 항의하는 등의 웃지 못할 해프닝도 있었다.

영화는 개성공단 행사에 참석한 북한 최고 권력자를 제거하기 위한 북한 군부 쿠데타로 시작된다. 순식간에 얼어붙은 남북관계와 시시각각 변하는 주변국의 이해타산이 뒤엉키는 긴박함 속에서 서브텍스트를 견인하는 건 북한군 정예요원 엄철우와 남측 외교안보수석 곽철우 사이에 피어나는 인간미와 동포애이다. 이때 이름이 같은 두 사람의 심적 거리를 가깝게 만든 음식으로 국수가 등장한다. 남북 고위급 회담 장소로 향하던 그들은 점심을 먹기 위해 국숫집에 들어간다. 한쪽은 전방 근무 시절 자주 먹었고 다른 쪽에겐 접선 장소에서 미처 먹지 못한 채 남겨 두고 온 음식, 잔치국수이자 깽깽이국수 앞에서 두 사람의 관계는 급진전된다. 수갑을 풀어 주면서 우리 이제 같은 편이라고 말하는 남쪽 철우의 열린 마음에, 허겁지겁 먹던(국숫발을 후루룩 삼키면서 배고픔과 맛있음을 동시에 묘사한) 깽깽이국수가 참 맛있다고 북쪽 철우가 화답할 때, 맛있게 먹는 상대를 온화한 표정으로 바라보고 허기진 마음을 알아주는 상대가 고마워 처음으로 미소 짓고 반색할 때, 국수는 북에 두고 온 가족을 떠올리며 엄철우 마음의 동요를 불러일으키는 중요한 매개가 된다. 직전까지 서로를 "빨갱이"와 "미제"라 부르던 적대적 호칭과 불신은 사라지고 서로의 가족관계를 확인하며 GD(지드래곤)에 대해 묻는 장면에 이르면 우리는 국수 한 그릇의 힘을 확인한다. 이때의 시간은 전체 러닝타임에서 정확하게 절반을 통과한 시점이다. 일촉즉발의 소용돌이 속에서 삶과 죽음을 넘나들던 남과 북의 남자를 이어 주는 연결고리로 국수를 등장시킨 건 탁월한 선택이었다.

잔치국수는 1970년대까지만 해도 마을잔치에서나 만날 수 있던 음식이었다. 밀가루가 귀한 시절이었기 때문이다. 2000년대 들어와 국숫집이 번성했으나 대접하는 정성은 사라지고 싼값과 싼 맛만 남은 음식이 되었다. 잔치국수는 맛있게 만드는 특별한 방법이 없다고 생각하기 십상이다. 그러나 전문가의 대답은 다르다. 국수를 삶을 때 물의 온도 변화가 없어야 하는데 큰 냄비에 물을 넉넉히 끓여 국수를 넣고 나서도 온도가 유지되어야 한다는 것. 끓는 물의 힘으로 국수가 휘돌아가게 해야 국수가 맛있게 삶아진다고, 국수 고수는 말한다. 좋은 멸치를 하룻밤 우렸다가 중불에서 끓여 내야 쓰고 비린 맛이 가신다고도 한다. 개성공단 사건부터 아무것도 먹지 못한 엄철우는 잔치국수 세 그릇을 순식간에 비운다. 적당한 온도로 말아 내는 잔치국수 특성 때문에 가능한 일이다. 이 나라 어디에서 먹어도 잔치국수는 아주 차지도 뜨겁지도 않은 미지근한 온도를 유지한다는 사실은 흥미롭다.

어린 시절, 자신에게 고명 없는 국수를 만들어 준 의붓엄마에 대한 애증을 담은 김숨의 소설 「국수」 속 주인공은 "당신이 내게 처음 끓여 준 국숫발들을 숟가락으로 뚝뚝 끊어 냈듯 말이에요. 그렇지만 그때 심정과 지금 국숫발을 뚝뚝 끊어 내는 심정은 분명 다르겠지요. 뚝뚝… 뚝" 하고 읊조린다. 잃어버린 맛이란 게 있다. 음식이 사라졌거나 만들 수 없는 걸 말하는 건 아니다. 그때 그 맛이 좀체 되살아나지 않는다는 얘기다. 배고픔은 어떤 먹거리로든 달랠 수 있지만 누군가와 함께 먹었던 음식 맛에 대한 그리움은 좀처럼 사라지지 않는 법이다. 가질 수 없고 되돌릴 수 없기에 아프고 아름다운 건 비단 사랑만이 아니다. 소중한 사람과 함께했던 음식의 추억은 어떤 그리움보다 우선한다.

나는 종종 엔딩 이후 주인공의 모습을 상상한다. 〈택시운전사〉의 김만섭은 이 땅에 민주화가 찾아온 날, 서울 어느 허름한 국숫집에서 잔치국수를 먹었을 것이다. 맛을 음미하고 그날을 기억하면서 후루룩 후루룩 소리 내며 힘차게 국숫발을 삼켰을 것이고, 〈강철비〉의 곽철우는 얼마 전까지 전쟁 같은 시절을 함께 보낸 북쪽 친구와 먹었던 국수를, 잘생기고 건장한 친구가 체면 불구하고 맛있게 먹던 잔치국수를 떠올리며 그 국숫집을 다시 찾았을 것이다. 평범한 택시운전사에게 사람의 도리와 가치를 알려 준 순간도, 남과 북이 하나 되는 두 남자의 순간도 모두 국수를 먹으면서 시작되었다.

　　싼 가격의 잔치국수라고 함부로 맛을 내는 경향이 있다. 제대로 된 재료로 맛있는 잔치국수를 만들어 내자면 비용이 많이 든다. 두 명의 철우가 함께 먹으며 마음을 나눈 잔치국수는 한반도를 절체절명의 위기에서 구해 냈다. 주변국까지 안도의 한숨을 쉬었을 테니 몇 명의 목숨을 구했는지 헤아릴 수도 없다. 가히 세상에서 가장 비싼 잔치국수이다.

겨울에 송어 축제가 열리는 까닭
< 송어 >

슈베르트 피아노 5중주 A장조 D.667 'The Trout'를 걸었다. 이 곡을 듣지 않고 글을 쓸 순 없었다. 당대의 피아니스트라면 한 번은 녹음했을 '송어'의 최고 연주는 1977년 알프레드 브렌델과 클리블랜드 콰르텟이 함께한 필립스 녹음. 아침 햇살 머금은 듯 브렌델의 영롱한 타건이 현악기의 힘찬 운궁을 견인하는 명연이다. 고백하자면 나는 '송어'라는 이름을 클래식 음악으로 먼저 알게 되었다. 심지어 중학교 시절 음악 교과서는 이 곡을 숭어("거울 같은 강물에 숭어가 뛰노네")라고 표기했다. 최초 번역자가 저지른 실수로 인해 온 국민이 숭어와 송어를 헷갈린 것이다. 1급수 어종인 송어를 처음 본 건 1990년대의 일이고, 강원도 평창군에 위치한 송어 양식장에서였다. 그리고 박종원 감독의 1999년 영화 〈송어〉에서 송어를 다시 만났다.

한적한 산골, 서울을 떠나 강원도 산골에 정착한 창현의 송어 양식장에 옛 친구들이 찾아오면서 영화는 시작된다. 청정 자연의 상징인 송어와 인간의 이기심을 대조하는 극에서 마주하는 건 허위와 위선의 민낯이다. 예기치 않은 사건에 휘말리며

화를 자초한 동창 일행이 벌이는 사투를 담는 영화에서, 연극을 접고 고립을 택한 창현과 친구들은 좁은 데 갇혀 있는 송어와 닮았다. 스트레스가 심해지면 자살을 택하는 송어의 특징은 의심과 질투와 욕망과 폭력의 파노라마를 경유하며 친구들에게 전이된다.

주황색 속살을 드러낸 송어가 한 상 가득 차려지고 듬성듬성 썰어 낸 파와 산나물을 더한 매운탕이 화룡점정을 찍는 식사는, 먼 길 달려오고도 남을 가치 있는 추억을 선사한다. 화무십일홍이요 꽃노래도 삼세번이라지만 송어는 단 하룻밤 만에 친구들 기억에서 사라진다. 너무 맛있어서 과식을 주체할 수 없던 송어는 물리고 보기도 싫은 존재로 바뀐다. 회 말고 구워 먹을 순 없냐고 일행이 물을 때, 대접할 게 이것밖에 없다고 송어를 상 위에 올릴 때, 송어는 신박함에서 지루함으로 전락한다.

갈등과 파국을 다룬 대개의 드라마가 특정 인물의 시점으로 술회되는 데 반해 〈송어〉는 줄곧 '3인칭 관찰자 시점'으로 진행된다. 휴대전화도 터지지 않는 오지에 고립된 극중 인물들이 지닌 정보는 극 외부로 전달되지 않으며 관객마저 정보에서 소외당한다. 이는 극 후반 인간의 이기심에 무너진 도덕성을 전시하기 위한 필수 선택이다. 아내의 행실과 처제의 어정쩡한 태도와 창현의 미심쩍은 행동, 무엇보다 성급하고 변덕스런 도시 남자의 폭력성을 설명하기에 관찰자 화법만 한 것은 없었을 터다. 2박 3일 동안 카메라가 거의 고정되는 건 이 때문이다. 그러니까 생동감 넘치는 화면도, 고속촬영과 노출과 유려한 트래킹도 아닌 건조하고 무심하게 난장판을 담는다는 것.

뭐 하나 변변한 게 없는 산속 일상에 친구들은 무료함을 느끼지만, 그곳을 터전 삼은 이들에겐 매일이 변화무쌍이다. 지역 엽사들이 동물의 피와 토끼고기로 질척대는 건 결코 이상한 일이 아니다. 창현의 친구들은 송어 말고 다른 거 없냐고 투덜대던 참이었으니까. 마침내 텃세에 숨죽이며 희생양을 찾던 그들의 빗나간 분노는 개 키우는 소년에게로 향한다. 송어가 뛰노는 청정의 자연은 아수라장이 되고 피와 살이 튀는 사각의 링으로 변하는 순간. 친구들의 차가 진창에 빠졌을 때 있는 힘을 다해 도왔던 소년은 절규한다. 내가 뭘 어쨌다고, 왜 나한테만 이러느냐고! 때문에 "불이 너무 세면 고기가 타는 법이지. 그런데 사람들은 불을 줄일 생각은 안 하고 불판만 바꿔 달라고 한단 말이야"라던 고깃집 사장의 말은 시사적이다. 증폭되는 의심에 정비례하여 자신들의 도덕성이 땅에 떨어지는 줄 모른 채 외부로부터 문제를 해결하려 했던 친구들은 모두 상처 입은 채 서울로 향한다.

〈송어〉는 공생의 원리를 잊고 산 도시인이 자연에서 느끼는 혹은 자연친화적 삶과 맞닥뜨렸을 때의 생경함과 공포를 이야기한다. 아무도 해코지하지 않았지만 그들에겐 모든 게 낯설고 미심쩍었다. 누구나 한 번쯤 겪었거나 느꼈을 원인 모를 불안의 중심을 찾아가는 이야기. 그들 중 하나가 불을 줄이려는 노력만 했더라도. 그럼에도 도시의 일상이 날것의 삶을 이해한다는 건 애초에 불가능하다는 사실을 영화는 말한다(하룻밤 사이에 회에 질려 구워 먹기를 청하는 장면을 기억하라).

매년 겨울이면 송어 축제가 열린다. 원조 격인 평창뿐 아니라 경기도 일원에서도 열리는 송어 축제는 직접 낚시로 잡은 고기를 즉석회로 먹는 맛이 일품이다. 왜 하필 추운 겨울일까? 요즘 먹는 송어는 모두 '무지개송어'이다. 한반도에서 서식하던 고유 어종은 아니다. 캘리포니아에서 수입하여 양식·유통·소비되는 과정에서 자리 잡았다. 무지개송어는 겨울에 산란한다. 이때 태어난 무지개송어는 만 1년이 되는 이듬해 겨울에 가장 맛있다. 이를 '햇송어'라 부른다. 양식장에서는 겨울 아닌 계절에도 1년산 햇송어를 확보하기 위해 가을과 봄에 수정란을 확보한다. (같은 1년산 햇송어라도) 겨울에 산란한 무지개송어가 가장 맛있다는 게 정설이다. 평창을 비롯한 각지에서 한겨울에 송어 축제를 여는 이유가 여기에 있다.

언제부터인가 무지개송어회를 콩가루 채소 비빔과 함께 먹는 게 유행처럼 번졌다. 콩가루의 고소한 맛에 채소의 신선함을 더해 맛있게 먹는 방법처럼 보인다. 그러나 실상은 이와 다르다. 무지개송어의 맛이 떨어지는 계절에 그나마 먹을 만하게 만들려고 개발된 조리법이다. 질 좋은 '겨울 무지개송어' 회는 고추냉이와 간장만으로 충분히 맛있다. 그러고 보면 〈송어〉의 시간적 배경은 늦봄이다. 송어 맛이 떨어질 수밖에 없는 계절이니 하루 만에 송어에 질린 것도 무리는 아닐 터였다. 음식도 때가 있는 법인데, 겨울에 찾았더라면 어땠을까? 추운 겨울밤 오순도순 체온을 나누면서 맛있는 송어회를 오래오래 즐기지 않았을까. 제철 음식이란 말이 괜히 있을라고.

기분을 갈아입는 그녀의 완탕면
< 화양연화 >

．
　．
　．

"아녜요, 바람도 쐴 겸 나가려고요."

장만옥은 여섯 번 국수를 사러 간 좁은 계단에서 양조위와 두 차례 마주치고, 골드핀치 레스토랑에서 두 번 식사를 하며, 호텔에서 연잎 밥과 컵 밥도 함께 먹는다. 인생의 가장 아름다웠던 시간을 그린다는 영화가 이렇게 먹는 것에 집착하다니. 그런데 이것은 어쩌면 당연한 일이었을지 모른다. 영화가 식탁 앞에서 기획되기 시작했으니까.

〈해피 투게더〉 홍보 차 파리에 머물던 왕가위 감독은, 당시 올리비에 아사야스 감독과 동거 중이던 장만옥과 저녁 식사 자리를 갖는다. 〈동사서독〉 이후 같이 영화를 찍지 못한 두 사람은 새로운 작품을 만들기로 의기투합하고, 양조위를 파트너로 선택한다. 왕가위 감독의 필모그래피 맨 앞에 자리한 영화 〈화양연화〉의 시작이다. 일본 소설가 고마쓰 사쿄의 단편소설과 홍콩 작가 류이창의 작품에서 착안한 이야기는, 왕가위와 크리스토퍼 도일(촬영)과 장숙평(미술)의 손을 거치는 동안 걸작의 탄생을 예고하고 있었다.

줄거리는 단순하다. 양조위와 장만옥, 두 사람은 같은 날 아파트 셋집에 이사 온 이웃이다. 둘의 첫 만남은 정중하다. 얼마 지나지 않아 양조위와 장만옥은 자신들의 배우자가 불륜이 아닐까 의심하다가, 결국 불륜이란 사실을 깨닫는다. 예기치 못한 상황에서 두 사람은 사람들의 눈을 피해 밖에서 만나기 시작하고, 골드핀치 레스토랑에서 식사를 즐기더니, 호텔 2046호에서 무협소설을 함께 쓰다가, 양조위의 싱가포르 전근으로 헤어지게 된다. 두 사람은 사랑에 빠졌지만 육체적으로 순결하며 또한 자기부정에서 벗어나지 못한다. 일부 평론가들이, 이야기가 지나치게 단순하다고 혹평하는 것도 이런 까닭이다. 정말로 이야기는 단출하다 못해 점프 컷을 이어 붙인 양 속전속결이다. 그런데도 〈화양연화〉는 지난 2012년 영국의 『사이트 앤 사운드』 선정 '시대를 초월한 명작' 24위에 뽑혔다.

밤의 아파트 복도와 어둑한 거리, 이웃의 시선과 눈부신 치파오와 미끄러지듯 움직이는 카메라워크와 정교하게 준비된 멜랑콜리한 음악에 맞춰 흔들리는 국수통과 장만옥의 실루엣. '1960년대 홍콩 3부작'의 정수인 〈화양연화〉는 왕가위의 자의식의 표현인 동시에, 지나간 시절의 영광에 대한 노골적인 향수다. 또한 시대극을 어떻게 만들어야 하는지, 벽지가 떨어져 나가고 거리의 쓰레기가 흘러내리는 비루함 속에 어떻게 관능을 창조할지를 가르쳐 주는 기준점이다.

　　미술 감독이면서 장만옥의 치파오를 만든 장숙평의 완벽주의는 아파트 계단을 오르내리던 장만옥의 동선을 유럽인들 뇌리에 단단히 박아 놓았다(이 숏이 칸 영화제 공식 포스터에 사용되기도 했을 정도로). 장숙평은 말하길 "소려진(장만옥)은 그냥 옷을 입는 게 아니라 그날의 기분을 입는 것"이라고 했다. 실제로 1960년대 홍콩 여성들은 집에서도 편한 옷을 입는 법이 없었다고, 누구나 단골 재단사가 있었고 집으로 불러 옷을 맞춰 입던 시절이라고 왕가위는 말한다. 〈화양연화〉에 등장하는 인물들이 말쑥한 정장이나 치파오로 맵시를 낸 건 1960년대 홍콩이 지금보다 훨씬 더 낭만적이고 예의 바르며 점잖았다는 방증이다.

　　왕가위가 기억하는 홍콩의 1960년대. 그러니까 중국 본토로부터 두 차례의 대 이동을 맞은 홍콩은 1962년부터 1966년까지 1차 번영기를 누린다. 왕가위와 그의 부모가 홍콩으로 이주한 시기도 이때다. 그들이 정착한 곳은 침사추이 넛츠포드 테라스. 항구를 끼고 있어 밤이면 해군과 무희와 악사가 거리를 뒤덮었고, 영화와 마작과 재즈가 넘쳐 났다. 어린 왕가위를 매료시킨 건 이국적인 밤의 황홀경이었다. 그 시절의 풍경은 왕가위 뇌리에 두고두고 남았다. 사라져 가는 모든 것들에 대한 아쉬움과 그리움을 그린 60년대 홍콩 3부작의 기원이 여기에 있다.

〈화양연화〉는 두 남녀가 만나 열 번의 식사를 하는 동안, 배우자의 외도를 재현하며 서로의 배우자처럼 행동하다가 결국 사랑에 빠지는 이야기이다. 그만큼 음식의 비중이 크다. 심지어 파리에서 장만옥과 의기투합하던 당시, 왕가위는 장 앙텔므 브리야 사바랭의 『미식 예찬』을 읽고 있었다.

이 영화에는 다양한 음식이 나오지만, 완탕면과 스테이크가 대표적이다. 스테이크는 본격적인 만남을 시작한 두 사람이 골드핀치 레스토랑에서 먹는 음식이다. 당초 왕가위가 원했던 장소는 퀸즈 카페였으나 그곳이 없어지는 바람에 찾아낸 곳이 골드핀치 레스토랑이다. 비밀스런 이야기를 나눌 만한 장소, 데이트 장소가 필요했던 두 사람에게 안성맞춤인 곳이었다. 적당히 사적인 데다 고급스런 분위기와 서양식 요리를 통해 상대에게 격식을 갖출 수 있고 색다른 서비스도 누릴 만한 장소였다. 첫 번째 식사에서 양조위는 장만옥 접시에 겨자를 덜어 준다. "부인이 겨자를 좋아하나 보죠?" 하고 묻고는 겨자를 찍어 먹는 장만옥. 이 만남을 기점으로 두 사람은 서로의 배우자를 대신하게 된다.

냉장고가 가정에 보급되기 전이던 1970년대 초, 내 어머니는 저녁 찬거리를 사기 위해 매일 시장에 가셨다. 종종 나도 따라가곤 했는데, 시장 어귀에서 파는 순대나 갓 만든 뜨끈뜨끈한 '덴뿌라'를 집어 먹을 수 있기 때문이었다. 장보기에 동행하는 것은, 숙제를 미루고 세상 구경하면서 시장 음식과 만나는 그럴싸한 구실이었다.

〈화양연화〉에서 가장 황홀한 장면을 만들어 내는 음식은 완탕면이다. 완탕면은 잦은 출장으로 남편이 집을 비우는 장만옥과, 아내의 늦은 퇴근으로 홀로 밥을 먹는 양조위가 마주치는 매개가 된다. 완탕면을 사러 가는 장만옥과 양조위가 좁은 계단을 오르내리며 교차하는 아련하고도 매혹적인 신. 우메바야시 시게루의 테마 음악이, 흔들리는 국수통과 묘한 조화를 이루며 감정을 고조시킬 때, 관능의 미장센은 정점에 이른다.

생선 수프를 만들었는데 같이 먹자는 집주인 말에, 바람도 쐴 겸 국수를 사러 간다는 장만옥의 대답은 완탕면에 담긴 속뜻이다. 그러니까 완탕면은 '핑계'이다. 집 밖으로 나가는 핑계, 즉 답답하고 숨 막히는 공간(함께 먹고 마시는, 공동체 구성원의 모든 사생활이 공유되는, 친밀하면서 불편한 곳이 1960년대 홍콩의 아파트였다)을 탈출하려는 수단이었다. 왕가위 감독은 어린 시절 밤새 마작을 하던 어머니와 일행이 출출해 하면 야식을 사러 밖에 나가는 게 즐거운 탈출이었다고 술회한다. 즉 간식 심부름은 침사추이의 휘황찬란한 밤거리로 인도하는 탈출구였다. 장만옥도 매일 밤 완탕면을 사기 위해 나간다. 무려 여섯 번이나.

한국에 포장마차가 있다면 홍콩에는 완탕면집이 있다. 완탕면은 완자(새우, 고기 등), 육수, 국수를 주재료로 만든 국수 요리다. 홍콩을 여행하는 사람이라면 반드시 먹어야 하는 음식이자 현지인의 소울 푸드이다. 사람에 따라 고추기름을 뿌려 먹기도 한다. "완탕면 국물에선 그윽한 홍콩 거리의 맛이 나지만, 고추기름을 듬뿍 넣어 습한 거리의 향을 희석한다"고 말하는 이도 있다. 현지인에 따르면 완탕면집은 유명세보다는 접근성이 중요하다고 말한다. 집 앞이거나 자주 다니는 골목에 있어야 좋다는 얘기다. 장만옥이 거의 매일 밤, 국수통을 들고 나갈 수 있었던 것도 아파트 가까이에 있어서였을 것이다.

흥미로운 사실 하나. 영화에서 장만옥은 단 한 번도 완탕면을 먹지 않는다. 국수통을 들고 나가서 담아 오기만 할 뿐, 먹는 장면은 볼 수 없다(호텔 2046호에선 그릇에 덜어 놓고도 먹지 않는다). 왜? 완탕면은 어차피 핑계였으니까. 또 다른 이유가 있는지 나는 모르겠다. 당신이 답해 달라.

뱀파이어와의 인터뷰

< 허삼관 >

．
．
．

"밥 한 그릇을 가지고 깨작거리지 않겠어?
그래서 방 씨에게 알아봤더니,
글쎄 이놈이 아직 단 한 번도
시내에 나가서 피를 팔아 본 적 없다는 거야."

배우 하정우가 연출한 영화 〈허삼관〉의 오프닝은 지주 집안 딸 계화의 혼인 파투 장면이다. 밥 한 그릇을 제대로 비우지 못하고 깨작거리는 예비 사윗감에 대해 알아보니 부실한 남자였다는 것. 남들은 없어서 못 먹는 밥, 한 그릇도 비우지 못하는 사내에게 딸을 줄 순 없다는 엄마의 푸념은, 피 팔아 본 적 없는 남자는 식구를 제대로 건사하기 힘들 거라 여겼던 시대의 반영이다. 그러니까 다 같이 못 먹고 못살았던 그때, 피를 파는 행위가 부끄럽지 않던 시절이 있었다. 그런데 피도 팔지 못하는 비루한 삶이라니.

원작의 토대를 고스란히 가져와 한국적 정서와 시대를 얹은 〈허삼관〉의 원작은 위화의 소설 『허삼관 매혈기』이다. 소설이 중국의 대약진운동과 문화대혁명을 배경으로 했다면, 영화는 한국전쟁 직후 복구와 재건의 격동기, 1953년 충남 공주에서 시작한다. 고난과 역경의 1950~60년대를 살아온 이들에게 추억과 향수를 불러일으키는 한편으로 매혈이 횡행하던 사회상까지 보여준다.

원작 소설의 시대적 배경, 즉 대약진운동의 실패 이후 중국 민중은 문화대혁명의 소용돌이 속에서 농촌과 도시를 막론하고 정치투쟁에 휩쓸렸다. 도시와 농촌, 가진 자와 가난한 자의 빈부격차는 날로 극심해지고 민심은 흉흉해졌다. 설상가상으로 중앙정부의 지원이 축소되면서 지방의 재정이 피폐해지자 관리들은 부족한 재원을 메우기 위해 세금과 각종 납입금을 올린다. 몰릴 대로 몰린 사람의 선택은 단순했다. 삶의 터전을 떠나 다른 도시로 가거나, 지주 밑에 들어가 노동을 착취당하거나, 피를 팔거나. 가장 손쉬운 방법은 피를 파는 것이었다. 피를 팔아 가족을 건사해야 했던 한 남자의 분투에는 중국의 사회주의 투쟁사가 고스란히 투영되어 있다.

1950년대 이후 시작된 한국의 매혈은 주로 가난한 노동자와 학생 사이에서 성행했다. 헌혈에 대한 제도와 인식 부족으로 매혈에 혈액 공급을 의존할 수밖에 없었던 시대상과 일치한다. 매혈은 1990년대 말까지 횡행한 것으로 알려진다. 공식적으로는 1980년대 이후 혈액 관리가 헌혈로 일원화되었다. 도심 곳곳에서 헌혈차가 목격된 것도 80년대 이후의 일이다.

　　피를 판 적이 없다고 혼사를 파투 놓는 상황을 이해할 수 없던 허삼관이 피를 파는 게 그렇게 중요한 거냐고 묻자 삼촌은 대답한다. 몸이 튼튼한 사람은 다들 시내 나가서 한두 번씩 피를 팔고 가. 몸속을 알 수 없으니 피라도 팔아서 건강하다는 걸 증명하는 거, 라고. 피를 파는 것은 건강을 파는 것이지만 다른 한편으로 가진 거라곤 몸뚱이뿐인 남자의 존재 증명이기도 했다. 가난한 농민과 노동자는 노동 대신 더 값이 나가는 피를 팔 수밖에 없던 것이다. 몇 달 땅 파는 것보다 피 몇 번 파는 게 더 돈이 됐던 시대. 몇 달에 한 번 피를 팔면 또 몇 달을 버틸 수 있을 터였다. 피를 더 많이 더 빨리 팔기 위해선 물을 여덟 사발 마시고 오줌을 참아야 한다. 그렇게 피를 팔고 나와서 먹은 음식이 피순대와 돼지 간이다.

> "피순대와 돼지 간을 먹는 건 보혈을 위해서고,
> 막걸리는 혈액순환에 좋아. 그러니까 피를 뽑고 나면
> 바로 이걸 먹어야 돼."

　　허삼관의 매혈을 주선한 방 씨의 설명이다. 원작에는 돼지 간이 아닌 돼지간볶음이 허삼관 앞에 놓인다. "여기 돼지간볶음하고 황주 두 냥 가져오라구. 황주는 따뜻하게 데워서 말이

야." 어쨌거나 매혈 후에는 보혈에 좋은 피순대와 돼지 간을 먹어야 한다. 돼지 간은 소 간보다 철분 함유량이 많다. 성인 남자의 경우 돼지 간 85그램을 먹으면 하루 철분 소비량의 100퍼센트를 보충할 수 있다. 단백질도 풍부해서 하루 필요량의 40퍼센트는 보충이 가능하다.

보통의 경우, 돼지 간은 순대와 함께 먹는다. 세트로 움직이는 관계다. 돼지 간은 영양가가 높으면서 특유의 맛과 식감 때문에 남녀노소 모두 좋아하는 음식이다. 어릴 적, 어머니를 따라 시장에 가면 순대와 간 몇 점 먹는 재미가 있었다. 순대보다 간이 더 고소하고 맛있다고 느꼈더랬다. 언제부터인지(중학교 2학년 봄방학에 뇌빈혈로 쓰러진 후 무지막지한 양의 소 생간을 장복한 날 이후로) 소든 돼지든 간이라면 쳐다보기도 싫었다. 그때 이후로, 순대를 먹을 때 간에는 눈길도 주지 않는다. 기호 식품으로 먹는 돼지 간과 허삼관이 먹은 돼지 간은 쓸모가 다르다. 피를 팔아 생계를 유지하는 허삼관에게 돼지 간은 노동 재생산을 위한 필수 식품이다. 매혈하고 피를 보충하기 위해 돼지 간을 먹고 다시 피를 팔아 그 돈의 일부로 돼지 간을 사 먹는 건 이 때문이다.

자본주의를 뱀파이어에 비유한 마르크스에 따르면 자본주의의 작동 방식은 '죽은 노동의 살아 있는 노동에 대한 지배'로 함축된다. 즉 죽은 노동인 자본이 살아 있는 노동자의 피를 빨아들여야 존속할 수 있다는 것이다. 자본은 뱀파이어처럼 노동자의 생명력을 빨아들인다는 것. 한국 경제의 압축 성장 비결에는 값싼 노동력이 자리하고 있다. 조국 근대화와 경제개발로 상징되던 1960~70년대를 떠받친 건 지방에서 도시로 올라온 노동자들이었다.

　영화는 가난한 노동자 허삼관이 위기의 순간마다 매혈을 통해 가정을 이루고 가족을 건사하는 과정을 전시한다. 허삼관의 인생 역정은 자본주의와 물질주의에 몸을 내어 주는 과정이지만, 동시에 도덕적으로 성장해 가는 과정이기도 하다. 원작에서 다른 이들이 물질적 풍요를 위해 혹은 다른 목적으로 피를 파는 것과는 달리, 허삼관의 매혈은 시간이 흐를수록, 횟수가 거듭될수록 높은 윤리적 판단에 근거한다. 영화에서도 마찬가지다. 즉 가난한 노동자 허삼관의 생애 최초의 매혈은 허옥란과 결혼을 하기 위해서였다. 보통은 한 사발을 팔 수 있지만 담당 의사에게 뇌물을 쓰면 세 사발까지 팔 수 있다. 두 번째는 심 씨 아들의 치료비 때문에 압류당한 가재도구를 찾아오기 위해서이고, 세 번째는 가족에게 고기만두와 붕어찜을 먹이기 위해서다. 그리고 마지막으로 일락이의 뇌염 치료를 위해 피를 판다. 서울의 큰 병원까지 가는 동안 대전과 청주와 용인과 수원을 거치며 거듭된 매혈로 죽을 고비도 넘긴다. 이 과정에서 허삼관의 필사적 매혈은 남의 자식을 11년 동안이나 키워 왔다는 자괴감과 증오를 넘어서는 윤리적 선택에 화룡점정을 찍는다.

아내를 얻기 위해, 가재도구를 찾아오기 위해, 아이들에게 만두를 사 주기 위해, 그리고 아들의 치료비를 위해 몸을 아끼지 않았던 한 남자는 마침내 식당에서 만두와 붕어찜 앞에 가족을 앉힌다. 영화를 통틀어 온 가족이 처음으로 음식을 먹는 장면이다. 위화의 원작이 시대와 사회상을 후경에 놓은 반면, 영화는 시대보다 한 가족이 가족주의의 한계와 마주하는 에피소드에 집중한다. 원작에서 허삼관이 오직 자신을 위해 돼지간볶음을 먹으려고 피를 팔려다가 자기 피가 이제는 가치 없음에 좌절하고 거리를 헤매는 것과는 달리, 영화는 가족주의를 전시하며 외식 장면으로 훈훈하게 마무리한다(원작에 비해 실망스런 결말로 볼 수도 있으나 한국 상업 영화의 틀 안에서 원작에 충실한 엔딩이란 애초에 쉽지 않은 선택이었을 터).

근대사회의 특징 중 하나는 개인이 자신의 노동력을 고용 시장에 내다 팔 수 있게 되었다는 점이다. 자기 몸에 대한 권리가 생긴 것이다. 노동 대신 몸에서 피를 뽑아내 연명해 온 허삼관의 이야기는 휴먼 드라마라기보다는 윤리철학에 가깝다. 한국 사회 전통에 저항하고 자본주의가 규정한 삶의 양태와 맞서며 가족을 위해 자기 몸을 스스로 규정하고 선택하여 사용한 허삼관은 근대적 주체임에 분명하다. 간과하지 말아야 할 것은 허삼관이 도덕적으로 성숙해 가는 과정은 곧 매혈의 역사였다는 사실이다. 가족을 위해서든 자신을 위해서든 허삼관은 자기 피를 뽑을 때에만 존재 증명이 가능했다. 허삼관의 도덕적 선택과 자율성이 스스로를 통제했다고는 하나, 이 또한 자본주의 체제 안에서 기능했을 뿐이다. 피를 팔고 돼지 간을 사 먹어 보충한 피를 다시 파는 순환 구조. 허삼관의 피와 그가 매혈 후 먹는 돼지 간의 상관관계. 마르크스가 말한 바대로 '죽은 노동의 살아 있는 노동에 대한 지배'의 다른 모습이다. 한편으로 인간의 몸에서 나온 것과 동물의 장기가 갖는 위상이 크게 다를 것이냐는 새로운 고민의 시작이기도 하다. 뱀파이어와의 인터뷰가 시작되었다.

그곳에 있지 않았던 곱창전골
< 버닝 >

．

．

．

동대구역에 내리자마자 택시를 타고 범어동으로 달렸다. 무척 추운 날씨인 데다 배가 고팠고 따끈한 국물이 간절했기 때문이다. 강연을 마치고 대구로 내려오는 내내 혼자서라도 한 냄비 뚝딱 비울 수 있는 그곳의 곱창전골을 떠올렸다. 후루룩 목 넘김이 그만인 탱탱한 우동 면발과 야들야들 씹는 맛 일품인 곱창과 양이 머릿속에서 뒤엉키자 허기진 내 배는 속수무책이었다. 그래서 달릴 수밖에 없었다. 손님은 두 팀이었으나 늦은 시간이라 곱창전골밖에 되지 않는다는 주인장의 말. 곱창전골은 안 되는 게 아니라, 곱창전골만 된다지 않는가. 당연히 곱창전골을 주문했고, 너무 깨끗해서 새것처럼 보이는 가스레인지에 냄비가 올려졌다. 빨리 끓어라.

  이창동 감독이 8년 만에 내놓은 〈버닝〉은 세 명의 청춘을 통과하는 좌절과 무력감과 공허와 분노의 서사를 메타포의 감옥에 집어넣고 끝내 태워 버린 묘한 영화이다. 유령 같은 세 명의 청춘이 주변을 배회하며 동시대의 공기와 만날 때, 다리가 풀리고 머리가 하얘지는 희귀한 경험을 맛보는 건 덤일 터.

아프리카 여행에서 막 돌아온 혜미는 나이로비 공항에서 사흘 밤낮을 같이 보낸 벤에게 한식이 먹고 싶다며 "곱창전골 같은 거"라고 특정한다. 곱창전골 같은 거는 곱창전골 외엔 없다. 곱창과 양과 각종 채소와 우동 면발이 들어가고 곱창에서 흘러나온 곱으로 인해 끓일수록 걸쭉하고 기름지며 끈끈한 식감이 나는 음식. 일찌감치 신용불량의 멍에를 쓰고 집에서 나와 서울 생활을 익혔던 혜미에게 무더운 아프리카의 사막과 한국의 뜨거운 곱창전골은 찰떡궁합이었는지 모른다. 곱창전골이 먹고 싶다는 혜미의 요구에 "내가 서울에서 최고로 잘하는 곱창집을 알고 있다"고 화답하는 벤. 충만한 자신감으로 상대가 무엇을 요청하든 즉석에서 최적·최고의 조합을 엮어 내는 전지적 존재자가 등장하는 순간이다. 네가 무엇을 말하든 어떤 것을 원하든 나는 최고로 좋은 걸 알고 있다는 기세등등함 말이다.

곱창전골이 〈버닝〉에서 차지하는 비중은 미미하다. 그런데 이 시퀀스는 무척 기이하다. 대개의 영화에서 음식점 장면이 음식을 굽고 끓이거나 먹는 동안 벌어지는 대화와 사건에 치중한다면 〈버닝〉의 곱창전골은 맥거핀에 가깝다. 기껏해야 5분도 안 되는 시간이고 곱창전골 먹는 장면은 나오지도 않는다. 최고의 곱창전골은 어떤 것인지 기대했다고? 미안하지만, 그런 건 없다.

이창동 감독 영화에서 음식점 시퀀스는 항상 두 차례 이상 등장한다. 그러나 음식을 앞에 둔 주인공이 음식을 먹는 법은 없다. 종종 술 몇 모금을 마실 따름이다. 〈박하사탕〉에서 설경구는 불륜 상대인 경리 여직원과 찾은 식당에서 다 구워진 삼겹살을 앞에 두고 담배 피우러 나간다. 〈밀양〉에서 전도연과 송강호 일행이 찾은 표충사 백숙집에선 이미 식사가 끝난 후이고, 웅변학원 회식에서도 음식 한 점 집지 않고 자리를 떠난다. 〈시〉의 윤정희는 합의금을 들고 찾은 부동산에 배달 온 중국 음식을 사양한다. 음식점 신은 다음에 벌어질 이야기를 연결하기 위한 매개이며 주인공에게 드리우는 슬픔의 전주곡이다.

다시 〈버닝〉으로 돌아가자. 다 먹어서 이미 비워진 곱창전골 냄비는 "여기에 귤이 없다는 것을 잊어버리면 된다"는 팬터마임의 구조를 설명하던 혜미의 진술과 일치한다. 종수와 혜미와 벤이 곱창전골을 먹었건 소고기 전골을 먹었건 하나도 중요하지 않으니까. 서울에서 최고로 잘한다는 곱창전골집의 빈 냄비에 아쉬움을 감추며 뭔가를 기대할 때, 혜미는 칼라하리 사막의 '선셋 투어'를 이야기하며 아프리카의 일몰을 묘사한다. 처음엔 주황색이었다가 피 같은 붉은색이 된 노을이 보라색이 되고 점점 더 어두워지면서 끝내 사라지는 광경을 목격한 혜미가 느낀 감정은 세상의 끝에 와서 혼자인 고독감이었다. 나도 노을처럼 사라지고 싶다고, 죽는 건 무섭고, 애초에 존재하지 않았던 것처럼 되고 싶다는 혜미의 말은, 차라리 소멸되고 싶은 자신의 처지에 대한 메타포였는지도 모른다. 먹고 싶었으나 먹지 못하고 그럼에도 먹은 것이 되어 버린 심리적 공복 상태가 불안했던 걸까. 서울 최고의 곱창전골집에서 보낸 단 5분, 벤은 그 5분 사이에 배달된 자신의 포르쉐에 혜미를 태워 떠난다. 주인공 종수만 남았다.

홍상수 감독의 〈그 후〉에도 곱창전골집이 나온다. 권해효의 외도를 의심한 아내는 회사로 찾아와 김민희에게(그녀는 오늘 첫 출근이다) 다짜고짜 따귀를 날린다. 소동극이 일단락되고 권해효와 김민희는 곱창전골집으로 자리를 옮기는데, 내일부터 안 나오는 게 좋을 것 같다는 김민희를 극구 만류하던 권해효는 여행에서 돌아온 애인 김새벽을 만나고는 태도를 바꿔 회사를 나오지 않는 게 좋겠다고 설득한다. 그리하여 귀에 꽂히는 말, "뻔뻔한 거 같아요". 이창동과는 달리 음식을 앞에 둔 홍상수의 인물은 언제나 뻔뻔하게 잘 먹는다. 먹고 마시면서 이전의 대화를 계속 이어 간다. 홍상수 영화에서 음식은 일상의 소극笑劇을 위한 질료이다.

냄비에서 곱창전골이 보글보글 끓기 시작했다. 작은 그릇으로 거듭 옮겨 담았을 즈음 이 맛있는 칼칼함의 비법이 궁금했다. 흔쾌히 알려준 대답은 이랬다. 식사 메뉴가 필요했던 주인 내외는 봉덕동에 위치한 어느 옛날 포장마차에서 곱창전골을 먹게 되었고, 맛에 반해 전수를 부탁했는데(물론 처음 갔을 때 무례하게 부탁한 건 아니다) 선뜻 알려 주셨다는 것. 이전까지 많은 곱창전골 식당을 찾았으나 입에 맞는 곳을 발견하지 못하던 차에 뜻밖에도 포장마차의 곱창전골이 입맛을 사로잡은 것이다.

내가 사는 대구는 소·돼지를 다루는 식당이 많다. 해물이 약한 대신 육고기가 강하다. 막창은 물론이고 곱창집도 상당수다. 그런데 곱이 있는 한우 곱창을 쓰는 곳은 흔치 않다. 곱창전골이 생각나면 찾는 이곳의 한우 곱창엔 곱이 그득하다. 첫맛은 고소하면서 칼칼하고 끓일수록 걸쭉하고 시원한 국물이 일품이다. 곱창전골 한 냄비를 다 비우고 나왔다. 매서운 겨울바람에도 속이 든든한 덕분인지 하나도 춥지 않았다.

가족의 탄생을 축하하며
다 함께 외치는 '샤브샤브'
< 행복 목욕탕 >

•

•

•

삶의 어둠 속에서도
희망이라는 빛의 실마리를 찾아낸 것은
어머니와 천재들이다.

– 페드로 알모도바르

내 어머니는 종종 여고 동창생들과 여행을 다니셨다. 전날 밤이
면 가족이 먹을 반찬과 국과 찌개를 만드느라 여념 없었는데,
정작 당신 짐 가방은 아침에서야 허겁지겁 싸기 일쑤였다. 단
며칠 집을 비우는데도 이토록 가족 걱정 가득한 게 엄마의 마
음이거늘, 영영 이별을 앞둔 상황이라면 그 심정이 오죽할까.

　　자유로운 영혼의 소유자인 남편과 학교에서 집단 따돌림
받는 딸을 가족으로 둔 평범한 주부 후타바에게 살날이 얼마
남지 않았다는 진단이 내려진다. 슬퍼하고 절망할 겨를도 없다.
남은 생을 정리하고, 가족의 뒷일을 준비하기에도 모자란 시간
이다. 남편을 찾아 목욕탕을 재개장하도록 만들고, 딸 아즈미
가 홀로서기를 할 수 있도록 독려해야 하며, 막내 아유코까지

가족의 일원으로 받아들여야 한다. 나카노 료타 감독의 〈행복 목욕탕〉은 엄마이자 아내이며 누군가의 딸인 후타바의 남은 시간을 담담하게 동행한다.

시한부 삶을 선고받은 후타바는 먼저 카페 여급과 눈이 맞아 집을 나간 지 일 년 된 남편을 찾아 나선다. 뒤에 드러나듯이 이 가족은 모두 남남이다. 그러니까 아즈미의 생모는 딸을 낳자마자 가출해 버렸고, 남편은 카페 여급 사이에서 난 자식 때문에 가출을 했으며, 아유코의 엄마도 가출했고, 후타바의 엄마 역시 가출해 새살림을 차렸다. 이렇게 보면 이 영화는 제목을 '가출 가족'이라고 해도 무방할 정도다(생일날 밤 아유코가 몰래 가출하고, 심지어 후타바가 여행지에서 만난 타쿠미도 가출 청년이다). 누가 봐도 막장인 드라마의 중심을 잡고 천박한 일상으로부터 건져 올리는 역할, 바로 후타바의 임무다. 이 지리멸렬한 인물들을 한데 모으고 정리하고 건사하면서 얼마 남지 않은 생을 헌신하는 일. 〈행복 목욕탕〉이 엄마의 이야기로 귀결되는 건 이 때문일 터. 남편을 찾아간 후타바 이야기를 이어 가자.

탐정을 고용해 알아낸 주소로 찾아가는 후타바. 남편은 추레한 집에 늦둥이 딸과 살고 있다(아이 엄마는 일찌감치 가출했다). 후타바는 두 사람 모두 집으로 데리고 온다. 이때 등장하는 음식. 샤브샤브다. 남편이 돌아오는 날, 후타바는 아침 식사로 샤브샤브를 준비한다. 얇게 썬 선홍빛 소고기가 쟁반 위에서 빛을 발한다. 육수가 담긴 냄비는 벌써 끓기 시작했다. 샤브샤브를 본 아즈미가 묻는다. 누구 생일이냐고, 누가 오는 거냐고. 이때 머쓱하게 등장하는 남편과 따라온 아유코. 엄마와 아빠와 딸과 그리고 새로운 가족까지 네 식구가 한자리에 둘러앉아 샤브샤브를 먹는다. 민망하고 불편할 수밖에 없다. 일 년 동안 집을 나간 남편이 밖에서 낳은 자식까지 데려와 넉살 좋게 샤브샤브를 먹고 있으니 말이다. 그래도 천품이 나쁘지 않은 남편이다. 어려서부터 목욕탕 일 배우느라 공부도 못 해서인지 순박하고 단순하다. 어색한 분위기를 바꾸려고 노력한다. "샤브샤브를 먹을 때마다 왜 입으로 샤브샤브 하고 싶어지지?" 샤브샤브는 '살짝살짝'이란 뜻이다. 끓는 육수에 살짝 담갔다 먹는 것과 무관치 않을 것이다.

아침 식사로 샤브샤브를 먹는다는 것. 우리네 기준으로 보편적이지 않다. 마치 아침에 삼겹살 구이를 먹는 것과 같다. 하루를 시작하는 음식으로는 기름지고 무겁다. 그러나 후타바네는 다르다. 이 집 규칙은 생일 아침에 샤브샤브를 먹는 것. 이날은 누구의 생일이었을까. 누구의 생일도 아니다. 그런데도 샤브샤브를 차리는 후타바. 며칠 지난 아즈미 생일과 집으로 돌아온 남편과 새 식구 막내 아유코가 한자리에 모인 것을 기념하고 싶었을 것이다. 진짜 생일 샤브샤브는 시간이 흐른 뒤에 다시 차려진다.

아유코의 생일 다음날 아침이다. 전날 밤 아유코는 생모를 기다리려고 이전 살던 집에 홀로 찾아갔고, 후타바 품에 안겨 돌아왔다. 가족에게 걱정과 폐를 끼친 터였다. 먹음직스런 고기가 가득 담긴 식탁에 앉은 아유코가 입을 뗀다. "괜찮다면 이 집에서 계속 살아도 될까요?" 샤브샤브 먹을 생각에 한껏 달아오른 분위기가 숙연해진다. 이어지는 아유코의 말. "엄마를 보고 싶어 해도 괜찮을까요?" 가족이 되고 싶다는 간절한 고백. 그래도 엄마를 미워할 순 없다는 애끓는 호소이다. 아유코의 생일 샤브샤브, 후타바네 규칙에 맞는 상차림이다. 남편을 필두로 고기를 넣고 휘저으며 '샤브샤브'를 외친다. 가족이 같이 밥을 먹는 것은 지극히 평범한 일이다. 하지만 이보다 위대한 것은 없다. 심지어 후타바는 피 한 방울 섞이지 않은 남남과 가족을 이루고 살면서 즐거운 밥상을 낸다. 이보다 더 숭고하고 거룩한 일이 어디 있을라고. 후타바네 규칙인 생일의 샤브샤브가 새로운 가족의 탄생을 알리고, 식사의 즐거운 추억까지 만들어 준 셈이다. 영화에 등장하는 샤브샤브는 요리이자 한 가족을 불러 모으는 주문이다.

흔치는 않아도 샤브샤브가 나오는 한국영화도 있다. 김태용 감독의 〈가족의 탄생〉. 세 개의 에피소드로 구성된 영화에서 선경과 경석의 가족사에 해당하는 공효진과 봉태규의 시퀀스. 엄마가 세상을 떠나고 시간이 흘러 성장한 경석과 엄마 같은 누나 선경이 한 상에 앉아 밥 먹는 장면이다. 이때 등장하는 음식이 샤브샤브다. 풍성하게 담긴 다채로운 채소와 큼지막하게 썰린 소고기(소고기라고 강조한다)가 한 상 가득하다. 엄마 살아생전엔 그렇게 미워했던 배다른 동생이다. 왼손잡이인데 단순해서, 그 점이 자기와 같아서 더 미워했는지도 모른다. 뭐든 미안하다는 경석에게 선경은 편식하지 말고 채소도 먹으라고 면박을 준다. 툴툴거리면서 흐뭇해 하고, 야단치며 걱정하는 두 사람. 햇살 가득한 유리문 사이로 빛나는 식사가 화사하고 찬란하다.

흥미롭게도 〈행복 목욕탕〉과 〈가족의 탄생〉 모두 별난 가족이다. 〈행복 목욕탕〉에서 후타바와 피가 섞인 가족이 한 명도 없듯이 〈가족의 탄생〉 또한 이런 가족 구성이 가능할까 싶을 정도로 완전한 남남의 결합체이다. 공효진과 봉태규는 배다른 남매이고, 정유미는 엄마라 부르는 고두심의 전 남편과 전 부인 사이에서 태어난 자식이다. 이렇게 피 한 방울 섞이지 않은 관계의 결과물인 봉태규와 정유미가 연애를 하고 두 가족이 하나로 모인다. 그런 이들이 한데 모여 함께 밥을 먹으며 가족이 된다. 마침내, 혈연이 아닌 가치와 의미로 새롭게 쓰여지는 가족의 탄생! 심지어 한·일 두 영화의 가족이 나누는 음식은 '샤브샤브'였다.

2011년 동일본 대지진은 일본인들 삶에 많은 변화를 안겨 주었다. 이유 없이 찾아온, 사랑하는 사람의 부재는 일상을 무너뜨렸고 삶을 파괴했다. '급작스런 부재'와 맞닥뜨린 이들이 일상으로 복귀하는 과정 속에서 가족의 가치를 재성찰하는 영화가 지속적으로 만들어진 것도 같은 맥락이다. 〈행복 목욕탕〉역시 예기치 않은 사건으로 촉발되는 화해와 용서와 사랑에 대하여 가족 드라마 형식을 빌려 이야기한다. 후타바의 강단 넘치고 지혜로운 행동이 전하려는 메시지는 명료하다. 즉 급작스런 이별과 부재가 가족 균열로 이어지지 않도록 막겠다는 것이다. 사연과 상처투성이인 인물들을 보듬고 감싸 안은 후타바의 마지막 시간이, 남겨질 이들의 앞날을 준비하는 데 치중하는 건 이 때문이다.

영화에서 후타바를 연기하는 배우는 1990년대 누드집 『산타페』로 뭇 남성을 달뜨게 만든 미야자와 리에이다. 마흔 중반을 넘긴 여배우가 화장기 없는 얼굴로 모성을 연기할 때 그녀는 고혹적이고 농염한 여인이 아닌 씩씩하고 현명한 목욕탕집 안주인으로 완벽하게 변신한다. 한 가지는 꼭 언급하고 싶다. 여배우 얼굴 클로즈업이다. 그러니까 〈행복 목욕탕〉에서 감독은 미야자와 리에의 얼굴에 집착하지 않는다. 다시 이야기하자. 만약 동일한 시나리오를 가지고 한국에서 만들었다면 여배우의 얼굴은 수도 없이 클로즈업되었을 것이다. 자유로운 영혼을 가진 철없는 남편과 학교에서 집단 따돌림 받는 딸과 그 외에도 문제투성이의 인물들을 다독여 가며 영화를 이끌어 가야 하는 여주인공의 고뇌와 분투를 얼굴 한 번 크게 비춰 주지 않으면서 어떻게 그려 낼 수 있느냐고 항변했을 거란 얘기. 그럼에도 나카노 료타 감독은 다른 선택을 한다. 마흔다섯 살이라는 미야자와 리에의 나이를 고려한 결정일까, 아니면 캐릭터가 처한 특수한 상황 때문일까. 그녀는 화장기 없는 자연스런 얼굴로, 현명하고 억척스런 엄마 후타바를 연기한다. 청초하던 10대에서 원숙한 30대를 거쳐 40대 중반에 이르는 리에의 영화 행보에서, 그녀의 얼굴은 나이와 함께 변신하고 성장했다. 그것을 가능하게 만든 것은 가공되지 않은 배우의 얼굴을 존중하는 영화계 풍토와 세월의 흐름에 순응하는 사회적 정서이다.

엄격히 보면 막장 소재이지만 죽음을 너무 무겁지 않게 다루면서 신파를 피해 간 것은 올바른 선택이었다. 간간이 터지는 유머 코드도 영화를 지루함에서 건져 올린다. 예컨대 딸의 입을 빌려 못 미더운 남편에게 전하던 "이런 쪼잔한 남자한테 가족을 맡겨야 한다니, 너무 걱정돼서 죽을 수가 없네"라는 말은 모든 엄마의 마음을 대변한다.

세월이 흐르고 세상이 바뀌어도 엄마는 엄마이다. 여성 인권이 향상되고 사회적 위상과 지위가 올라갔다고 해서 엄마가 다른 이름을 부여받거나 역할 변경되는 건 아니다. 지리멸렬한 일상과 문제투성이인 가족에도 아랑곳하지 않는 후타바의 강인함은 엄마라는 이름에서 비롯되었을 것이다. 교복을 잃어버려 등교를 거부하는 딸에게 "도망치면 안 돼. 맞서야지. 네 힘으로 이겨 내야 해!" 하고 말하던 모습과 생모를 만난 아즈미가 수화로 대화하며 "엄마가 언젠간 반드시 필요한 날이 올 테니 배워 두라고 했어요" 하고 말하는 장면은 감동적이다.

엄마의 이미지는 전 세계 공통이다. 엄마가 '신의 다른 모습'으로 불리는 까닭이다. 철부지 아빠와 남겨진 두 딸은 후타바 없는 세상에서 씩씩하게 살아갈 것이다. 행복 목욕탕에는 언제나 따뜻한 연기가 피어오를 것이고, 그렇게 삶은 계속될 것이다.

언제부턴가 샤브샤브를 먹을 때면 속으로 '샤브샤브'를 읊조리며 고기를 휘휘 젓는 버릇이 내게도 생겼다. 〈행복 목욕탕〉에서 남편 가즈히로가 했던 퍼포먼스 때문일 것이다. 고백하자면 이 영화를 처음 본 날 바로 샤브샤브 집으로 갔다. 혼자서. '샤브샤브'라고 외치며 깨달았다. 샤브샤브는 혼자 먹는 음식이 아니라는 사실을. 후타바와 네 식구가 함께 먹을 때 가족이 시작되고 완성되었음을. 샤브샤브는 모두 함께 모여 먹을 때 맛있다. 이왕이면 '샤브샤브'라고 읊조리면서.

파스타로 쓴 복수혈전

< 바람둥이 길들이기 >

．

．

．

식초에는 구두쇠가 되어야 하고,
올리브 오일에서는 낭비벽이 있는 것처럼 행동해야 한다.
그리고 소금은 현명하게, 후추는 분별 있게 뿌려야 하고,
나중에는 그것을 미친 사람처럼 뒤섞어야 한다.

– 움베르토 에코

철석같이 믿었던 남편이 바람을 피운다. 한 명도 아니고 수를 헤아릴 수도 없다. 그의 고해성사대로라면 일주일 동안 일곱 명의 여자와 열두 번 이상의 관계를 가졌고, 이중 두 명과는 심각한 상태이다. 유고슬라비아 출신으로 이탈리아 이민자 남편을 만나 피자 가게를 운영하며 아이도 둘 낳고 장사도 잘되고 주변 인심도 얻어 크게 남부러울 것 없는 인생이라고 여겼는데 말이다. 이제 어떻게 할 것인가. 뭘 어떡하나, 죽여야지. 그런 천하에 나쁜 놈은 죽어 마땅하다. 문제는 어떤 방법으로 누가 실행할 것이냐이다. 남편을 죽이는 동시에 살인을 저지르는 일이다. 조이는 아무리 먹어도 살이 찌지 않고 아프지도 않는 남자

다. 짐승처럼 동물적 욕구가 발달한 그를 눈 뜬 상태에선 달리 상대할 방법이 없다. 아내 로잘리는 코끼리도 쓰러뜨릴 만한 양의 수면제를 넣고 파스타를 만든다. 남편이 잠들면 총으로 쏴 죽이겠다는 계획이다. 이탈리아인 주식이니 의심을 피하기에도 제격이다. 파스타 잘 만드는 건 대수롭지 않다. 바질과 향신료와 후추와 갖은 재료가 범벅되고 마침내 다량의 수면제가 투하된다. 죽음 직전에 느끼는 환희야말로 살아서는 느낄 수 없는 궁극의 세계라 했던가. 남편 조이는 최고의 파스타라 극찬하며 세 그릇이나 게걸스럽게 먹어 치운다.

로잘리가 파스타를 조리하는 과정은 비극과 희극의 이중주이다. 그들은 부엌을 죽음의 세레나데로 채운다. 두려움과 복수의 통쾌함이 교차하는 음험한 정서가 가득하다. 사랑을 노래하는 시가 상대를 가능한 한 빨리 침대로 데려가려는 시도로 보이지 않도록 세심한 은유로 감추듯이, 죽음의 파스타 또한 그렇게 만들어진다(사랑을 노래한 문학도 로잘리의 파스타도, 최종 목적은 상대를 침대로 데려가는 것이다). 살해극의 과정은 진지하면서 유머러스하다. 로렌스 캐스단이 연출을 맡고 케빈 클라인의 마초 가득한 바람둥이 연기가 인상적인 영화 〈바람둥이 길들이기〉는 바람둥이 남편과 그를 처치하려는 아내와, 아내의 조력자가 펼치는 좌충우돌 소동극이다.

그러니까, 파스타에 수면제를 넣어 남편을 재운 후 죽인다고? 햄버거나 스테이크도 있는데 왜 하필 파스타. 검은 망토 입은 마녀 할멈이 독약을 떨어뜨린 음식도 커다란 솥에 담긴 수프였다. 이탈리아 사람이 보면 기겁할 일이다. 과연 그럴까. 15세기 말 피렌체로 가 보자.

1473년, 젊은 다빈치(당신이 아는 천재 예술가 레오나르도 다빈치가 맞다)는 공방에서 견습생으로 일하며 부족한 월급을 메우기 위해 피렌체 베키오 다리 근처에 있는 '세 마리 달팽이'라는 식당에서 종업원으로 일한다. 어느 날 파스타에 함유된 정체불명의 독극물로 요리사가 모두 사망하자, 다빈치는 주방장으로 승격되지만 그가 만든 요리가 지나치게 창조적인 탓에 결국 해고되고, 다빈치는 한 친구와 동업해 '산드로와 레오나르도의 세 마리 두꺼비'라는 식당을 차린다. 그 친구는 바로 '비너스의 탄생'을 그린 산드로 보티첼리이다. 식당 밖에는 두 사람이 그린 두 개의 간판을 걸었다. '강동원과 송중기'가 함께 식당을 연셈. 이 로맨틱한 이탈리아 브로맨스 식당은 오래가지 못하고 문을 닫는데, 하마터면 르네상스 예술사가 휘청했을 일이다. 다른 한편으로 다빈치가 음식 솜씨마저 탁월했더라면 아마도 우리는 조금 더 색다른 파스타를 만날 수 있었을지도 모른다.

영화에 등장하는 이탈리아인 다수는 하층민 아니면 마피아이다. 스테이크를 썰거나 프랑스식 정찬을 즐길 여유가 없다. 파스타를 먹어도 기본인 올리브 파스타가 대종을 이룬다. 시칠

리아 어부의 척박한 삶을 그린 〈흔들리는 대지〉에서 주민들은 영화 내내 파스타만 먹으며, 마피아의 식탁을 장식한 음식 역시 올리브 파스타였다(거대한 체형의 머리 벗겨진 마피아가 앞치마를 목에 두르고 파스타 먹는 장면을 떠올려 보라). 신속하게 배불리 먹고 바다로 나가 고기를 잡거나 황급히 뛰쳐나가 총질하기에 이만한 음식이 없다. 반면 〈바람둥이 길들이기〉에선 토마토 파스타가 등장한다. 이탈리아 이민자로 열심히 일하며 자기 가게를 차린 중산층의 삶이 토마토 파스타로 완성된다. 재료가 곧 경제력인 것이다. 유머러스한 연출을 위해 다량의 향신료를 포함시켰음에도 영화에서 파스타 만드는 과정은 정확하고 치밀하다. 소품에 불과한 음식이라도 대충 다루지 않는 장인 정신. 이것이 할리우드의 힘이다.

천신만고 끝에 잠재우는 데 성공했어도 마무리가 남았다. 첩첩산중이다. 로잘리를 흠모하는 종업원 디보가 가세하고, 약물 중독인 어설픈 킬러 두 녀석이 동원된다. 그러나 눈 감고 쏜 총은 머리를 스치고, 심장 위치를 헷갈려 오른쪽 가슴에 쏜 덕에 조이는 목숨을 건진다. 아내와 장모와 종업원과 킬러 모두 연행되어 감옥에 가는 이 상황이 자신의 부도덕에서 비롯됐다는 사실을 깨달은 조이는 그들을 선처하여 석방시킨다. 어쨌거나 해피엔딩, 그리고 The End.

파스타가 생각날 때면 나는 시내 어디쯤 내가 믿고 찾는 이탈리안 다이닝으로 간다. 깔끔한 올리브 파스타로 깊은 인상을 남긴 곳이다. 올리브 파스타는 햄버거보다 간단하고 비빔국수보다 쉽다. 면을 삶아 올리브유 두른 팬에 마늘 몇 쪽과 함께 볶아 내면 끝. 영화 속 이탈리아인처럼 시간에 쫓길 정도로 숨가쁜 삶은 아니지만, '알 덴테'로 삶은 면과 고소하고 담백한 맛을 잊지 못해 알리오 올리오 파스타만 먹는다. 올리브 파스타 잘하는 이태리 식당은 믿어도 좋다는 '근거 있는 믿음'에서이다.

걷고 달리고 춤추는 파리의 아프리카인
< 생선 쿠스쿠스 >

쿠스쿠스를 처음 본 사람은 '시루떡 콩고물 같다'고 말했다. 쿠스쿠스는 듀럼밀을 체에 거르고 반죽하여 오일을 두르는 몇 차례 과정으로 30분간 쪄 낸 다음, 고기 또는 생선과 채소와 향신료를 첨가해 끓여 낸 소스를 부어 먹는 북아프리카 전통 음식이다. 정성이 많이 들어가는 요리이면서 가정식이고 손님 접대용 음식이다. 전통 방식에 따르면 쿠스쿠스를 먹기 전 모로코인의 생활차인 민트차를 반드시 마시는 걸로 알려져 있다.

가족에게 쿠스쿠스를 먹이기 위해 수고를 마다하지 않는 엄마. 일요일 햇볕 화창한 오후, 출가한 자녀들까지 엄마의 집에 모인다. 웃고 떠들며 쿠스쿠스를 먹는 가족들. 프랑스 어느 항구 도시에 정착한 북아프리카 이민자 가정의 풍경이다. 엄마는 말한다. "쿠스쿠스엔 사랑이 들어가. 매일 화목하게 지내라는 거지. 그러려면 그만큼 애써야지." 두 달째 이혼 수당 지급을 미루는 남편은 다른 여자와 지내고 있고, 큰딸은 배변 훈련 안 된 딸아이에 늘 신경질적이며, 장남은 부시장의 아내와 불륜이니, 보편적 가족의 모습은 아니다. 그런데도 엄마는 가족

식사에 오지 않은 전 남편에게까지 쿠스쿠스를 보낸다(두 아들이 음식을 들고 아버지에게 간다). 당신에게 가족이 있음을 기억하라는 강력한 선언이다. 새 애인의 쿠스쿠스와는 비교할 수 없게 맛있는 아내의 음식. 애인의 딸까지 쿠스쿠스 맛에 반한다. 2013년 칸 영화제 황금종려상 수상작 〈가장 따뜻한 색, 블루〉를 만든 압둘라티프 케시시가 2007년에 연출한 영화 〈생선 쿠스쿠스〉의 한 장면이다.

전반부가 프랑스에 사는 북아프리카 이주민 가족의 연대와 전통 가치를 설명하기 위해 쿠스쿠스를 앞세웠다면, 후반부는 조선소에서 퇴직한 슬리만이 선상 식당을 열기 위해 벌이는 고군분투에 할애한다. 선상 식당의 주 메뉴 또한 당연히 쿠스쿠스이다. 그들에게 쿠스쿠스는 고향의 음식이고 사랑의 음식이다. 소울 푸드인 것이다.

쿠스쿠스는 북아프리카 토착민 베르베르인의 전통 음식인데, 금요일마다 쿠스쿠스를 나누어 먹는 관습을 고수하고 있어 '금요일의 음식'이라 불린다. 16세기 대항해시대에 모로코를 지배한 포르투갈 식민 세력이 남미에 진출하면서 처음 서양에 알려진다. 프랑스에는 19세기 알제리 식민 시기에 처음 소개되었다. 즉 쿠스쿠스 이면에는 지중해 무역의 경로와 서구 식민지배의 역사가 깔린 셈이다. 프랑스 식민 통치하에 있었던 북아프리카의 모로코, 튀니지, 알제리는 1956~1962년 사이에 독립한다. 식민지에서 플랜테이션 농장을 경영하던 프랑스인들이 본국으로 돌아오면서 프랑스 식탁에도 쿠스쿠스가 오르기 시작한 것이다. 또한, 수백만에 달하는 이주노동자들이 프랑스에서 삶의 터전을 마련하는 과정에서 그들의 전통 음식은 더 활발하게 대중화의 길을 걷게 되었다.

감독은 마치 "이 세상에는 쿠스쿠스를 먹어 본 사람과 그렇지 않은 사람, 두 부류만 존재한다"고 주장하는 것처럼 보인다. 그러니까 슬리만 아내가 만든 쿠스쿠스를 맛보았는지, 아닌지 여부에 따라 선상 식당을 대하는 태도가 극명하게 갈린다는 것이다. 선상 식당 개업을 위해 찾은 은행과 시청과 위생국 사람들의 건조하고 냉랭한 태도를 보여 주고, 호텔 노천에서 소일하는 슬리만의 친구들이 (선상 식당 개업 준비 소식에) 빈정대거나 기대하는 대조적 모습을 통해(와중에도 슬리만 아내와 애인의 쿠스쿠스 맛을 비교한다) 쿠스쿠스와 민족 정체성을 결합시킨다.

이민자가 식당을 여는 과정이 얼마나 힘든지 보여주는 13분 동안의 동분서주는 곧 프랑스 사회에 정착하기까지 이민자가 겪는 고난의 축소판이다. 영업 허가 신청과 각종 행정 처리를 위해 슬리만과 애인의 딸은 은행, 항만관리국, 시청, 위생국을 전전하지만 속 시원한 대답은 어디에서도 듣지 못한다. 그럼에도 폐선을 수리하여 식당 모양을 갖춘 후 유력 인사를 초대해 여는 시식회. 쿠스쿠스의 맛을 통해 대출과 영업 허가를 받아 낼 계획이었다. 세상일이 뜻대로 되면 얼마나 좋으랴. 하필 초대 받은 명사 중 큰아들과 부도덕한 관계 중인 부시장의 아내가 포함되었고, 이를 본 큰아들이 쿠스쿠스를 실은 채로 줄행랑쳐 버린 것. 메인 요리가 지연되자 불평이 난무하는 가운데 프랑스 주류 인사들은 속내를 드러낸다. 즉 자국민 업소 보호를 위해 영업 허가증 발급을 고의로 지연시키거나, 선상 식당 예정 정박지에 다른 상선을 정박시켜 영업을 방해하겠다거나, 등등의 갖은 술책이 등장한다.

영화에서 걷고, 달리고, 뛰고, 춤추는 것은 모두 이민자의 몫이다. 마치 원래 그랬던 것처럼, 지극히 당연한 일처럼 말이다. 프랑스인은 행정 처리에 바쁘고 재산을 유지하는 데 골몰한다. 기껏해야 식탁에 앉아 쿠스쿠스를 기다리며 투덜대는 게 전부이다. 움직이지 않되 언제나 제자리를 고수한다. 식민과 이주의 역사, 그 이후 삶의 양태까지 참석자의 행동을 통해 드러내는 선상 식당의 미장센. 튀니지 이민 2세 출신 감독다운 통찰이다.

술로 배고픈 손님을 달래는 것도 한계에 이르렀을 즈음, 암전에 이어 매혹적인 소녀가 등장한다. 엔딩을 13분 앞두고 시작되는 이 시퀀스. 애인의 딸 림이 배꼽이 드러난 고혹적 자태로 아랍 전통 춤으로 손님의 시선을 끌고 시간을 버는 동안 그녀의 엄마는 쿠스쿠스를 만들고, 슬리만의 아내는 고향의 전통대로 배고픈 노숙자에게 쿠스쿠스를 건넨다. 아들을 찾아 나섰다가 오토바이까지 도둑맞은 슬리만은, 훔친 아이들을 쫓다가 탈진해 쓰러진다. 35년 동안 가족을 위해 고된 노동을 서슴지 않던 한 남자가, 이주민을 바라보는 편견 가득한 시선으로부터 마침내 자유로워지는 순간이다. 림의 춤은 계속되는 가운데 엔딩.

마땅히 움직여야 할 것이 움직이지 않을 때 서사는 새롭게 탄생한다. 더 일할 수 있지만 탄력근로제로 인해 사직해야 하는 슬리만과 바다를 가르며 나아가야 할 배가 선상 식당으로 탈바꿈하는 모습은 시사적이다. 쇠락한 폐선의 모습은 느려서 공정을 못 따라가는 슬리만과 동격이다. 가족의 아버지로, 한 척의 선박으로 지난한 세월 동안 주어진 임무를 마치고 이제야 안식하려 하는 두 물질은 이주민 공동체를 꿋꿋하게 지켜 온 쿠스쿠스와 함께 새로운 시작을 꿈꾼다. 아버지의 노동의 대가로 뿌리를 내린 자녀들이 가족과 사회와 불화할지언정 쿠스쿠스 앞에선 모든 구성원이 하나가 되고 기쁨과 즐거움을 만끽한다는 것. 이것이 소울 푸드의 힘이다.

은밀하고 위대한 삼겹살구이
< 고령화 가족 >

이 집안 골 때린다. 큰아들은 감방을 들락거리는 백수이고 작은아들은 망한 영화감독에 별거 중이며, 결혼 두세 번 하는 게 무슨 대수냐는 딸은 한눈에 봐도 되바라진 중학생 딸아이를 데리고 엄마 집으로 들어왔다. 비구니처럼 살겠다는 딸은 얼마 지나지 않아 세 번째 남자를 데려올 것이다. 엄마는 칠순 가까운 나이에 화장품 외판원이다. 이 가족, 어딜 봐도 사회 평균과는 거리가 있다.

천명관의 동명 소설을 영화로 만든 송해성 감독의 〈고령화 가족〉은 세상에 둘도 없는 콩가루 집안 사람들의 유쾌 발랄한 생존기이다. 가족은 이래야 한다는 고정관념을 일거에 격파하며, 제대로 된 사람 하나 없어도 한 지붕 아래서 한솥밥 먹고 살면 그게 바로 가족이라고 말한다.

이 가족, 평균 나이 마흔이 넘는다(원작에선 무려 마흔아홉이다). 예전 같으면 서른 넘은 자식이 부모와 같이 사는 것 자체가 흠이었다. 1980~90년대만 해도 혼기가 차면 결혼해 가정을 꾸리고 독립하는 것을 당연한 일로 여겼다. 하지만 취직이 힘들어지고 집값과 사교육비가 급등하면서 결혼 연령이 늦춰졌다. 만혼과 이혼은 자연스럽게 받아들여지고, 비혼이 차라리 속 편한 삶이라고 인정하는 시대가 되었다. 나이 들어서도 울타리를 떠나지 못한 채 부모와 동거하는 현상. 가족의 고령화가 진행되고 있는 한국 사회의 단면이다. 제목 그대로 '고령화'가 된, 또는 고령화로 진행 중인 가족의 형태는 더 이상 낯선 모습이 아니다.

톨스토이가 『안나 카레니나』에서 말했듯이 "모든 행복한 가정은 고만고만하게 행복하고 불행한 가정은 제각각 다른 이유로 불행하다". 달리 말하면 세상에 문제 없는 집은 없다는 얘기다. 겉은 멀쩡해도 속은 썩어 문드러지는 법. 가지 많은 나무 바람 잘 날 없다는 얘기는 꼭 근심과 걱정거리만 해당하지 않는다. 서른 넘은 나이에도 변변한 직장 하나 없이 엄마에게 기생하는 자식들을 보면 한숨이 나올 법도 하지만, 엄마는 그저 자식들이 예쁘다. 목 매 죽으려는 둘째 아들을 구한 것도 엄마의 전화였다. 너 좋아하는 닭죽 해 놓았으니 먹고 가라는 엄마의 전화 한 통. 동네 사람에겐 감옥을 제집처럼 들락거리는 불량배이고, 사업 망해 먹은 무능력자이고, 바람기 다분한 정신 나간 애 엄마일지언정, 엄마 눈에는 모두 금쪽같은 내 새 끼다.

내 자식 입에 음식 들어가는 것이 엄마에겐 가장 큰 기쁨이라고 했던가. 제비 새끼처럼 노란 주둥이를 벌리고 모인 자식들을 배불리 먹일 만한 음식. 싸고 푸짐하고 먹으면 속까지 든든해지는 것. '삼겹살구이'만 한 게 또 있을라고. 장성한 자식이지만 엄마 눈에는 지금이라도 잘 먹여야 하는 미숙아일 뿐이다. 그래서인지 엄마는 매일 삼겹살을 굽는다. 영화에서 소불고기를 굽는 것을 포함해 모두 다섯 번 삼겹살 먹는 장면이 등장한다. 된장찌개로 숟가락이 향하는 첫 번째 식사를 제외하고는 오로지 삼겹살이다. 보는 사람마저 물릴 정도다. 이젠 삼겹살 좀 그만 먹자는 손녀딸의 푸념에도, 엄마는 삼겹살을 구워 자식 밥그릇에 올린다. 삼겹살 좋아하지 않는 딸마저 오늘 삼겹살이 맛있다고 말한다. 사연 많고 문제 많은 인물들이지만 가족의 이름으로 밥상에 앉았으니 어찌 맛이 없을 수 있겠는가.

삼겹살구이(통상 '삼겹살'이라고 말한다)는 프로판 가스와 주방 조리기구가 세간에 보급되기 시작한 1970년대 중반 한국 사회에 등장한다. 외식업계를 중심으로 퍼지던 삼겹살구이가 일반 가정 식탁에 올라온 것은 1980년대의 일이다. 삼겹살구이에서 핵심은 돼지고기에 붙은 지방이다. 이것이 뜨거운 불판에 녹으며 풍기는 냄새는 삼겹살이 다 익기도 전에 후각을 자극한다(고기를 먹은 후 삼겹살에서 나온 기름에 각종 채소와 김치를 넣고 밥을 볶으면 천하일미가 따로 없다). 여기에 마늘과 매운 고추를 쌈 채소와 곁들이면 삼겹살구이는 완성된다. 한때 삼겹살에도 변화의 바람이 일었다. 와인에 숙성한 삼겹살과 대통에 넣고 숙성한 삼겹살 등 고기 맛을 향상시키려는 방식이 시도되었다. 한때 쌈 채소를 대신해 색색으로 물들여 얇게 자른 무를 쓰거나 콩가루에 찍어 먹는 유행도 있었다. 그러나 오래가지 않았다. 쌈장과 채소에 싸 먹는 고전적이고 보편적인 방식이 마지막까지 살아남았다. 결론은 하나. 음식평론가 황교익의 주장대로 "삼겹살구이는 고기 자체의 맛을 즐기기보다는 쌈장과 채소에 의존하는" 음식이었던 것. 그러니까 거칠게 말해 삼겹살구이는 쌈 채소와 쌈장에 들어가는 재료의 하나에 불과하다는 얘기이다.

삼겹살구이가 재료이든 단독 요리이든 엄마에겐 중요치 않다. 그저 많이 먹이는 게 중요할 따름. 문제는 엉뚱한 곳에서 발생한다. 즉 삼겹살을 너무 많이 자주 먹었던 것. 둘째 인모가 엄마를 미행한다. 철물점 구 씨 가게로 들어가 몇 시간을 보낸 엄마는 구 씨와 정육점에서 삼겹살을 들고 나온다. 엄마의 삼겹살에 담긴 은밀한 비밀이 드러나기 직전이다. 온 가족을 밥상 앞으로 불러 모은 삼겹살이 부도덕과 퇴폐의 상징으로 전락하는 순간이다(영화 후반에 가면 엄마와 구 씨의 관계가 밝혀지고, 엄마의 삼겹살도 제 위상을 되찾는다).

부모는 어떤 고난을 겪더라도 자식 먹고 입히는 데 온 힘을 쏟는다. 〈고령화 가족〉의 엄마도 똑같다. 고도의 압축 성장을 거치는 가운데 발생한 숱한 후유증들. 가부장이 주도한 속도 일변도의 경제개발 과정에서 어지럼증을 견딜 수 있었던 건 엄마의 힘이었다. 가정에서 중심을 잡고 자식을 건사하며 키운 엄마가 한국 사회를 지탱해 낸 버팀목이었다.

이 가족의 파란만장은 영화 끝에 가서야 보상받는다. 지리멸렬한 삶일지라도 끝내 가족을 사수하고 하나가 되기 위해 노력한 시간에 대한 보상이다. 딸 미연은 세 번 만에 제대로 된 남자를 만나 행복에 안착했고, 둘째 인모는 성인 에로물이지만 영화를 찍으며 자기 삶을 산다. 바닥 인생을 정리한 첫째 한모는 미용실 수자 씨와 평범한 일상을 시작했다. 햇살 좋은 날, 미소 띤 엄마의 모습. 어김없이 삼겹살이 손에 들려 있다. 인생 패배자이고 낙오자였던 자식들을 거둬 먹여 온전하게 만든 삼겹살이다. 한때, 굴곡진 가족사의 비밀까지 품은 삼겹살이니 어찌 위대하지 않을 수 있겠는가.

소고기를 쌈 싸 먹는, 누구냐 넌!
< 특별시민 >

学창 시절, 저녁이면 TV에서 하는 프로그램 중 '오늘의 요리'가 있었다. 대개 오후 6시를 전후해, 그러니까 저녁 식사를 준비해야 하는 시간에 맞춰 그날의 요리를 소개하는 프로그램으로, 요리 전문가가 재료 소개에 이어 조리 방법을 알려 주었다. 예컨대 왕준련, 한정혜, 하선정, 한복선, 이종임 등이 요리 프로그램을 통해 발굴된 요리 연구가이다. 요리 프로그램을 즐겨 시청하던 어머니의 단골 멘트, "세상에, 고기 넣어서 안 맛있는 음식이 어디 있다니!" 그러면서 어김없이 "소고기 200그램 넣고 신선한 재료 넣어서 만드는 음식을 별미라고 소개하느냐"며 혀를 찼다.

그렇다면 고기 들어가서 맛없는 음식이 있을까. 요즘 세상이라면 한우다 수입 소고기다 하면서 구별 지어 고기 맛을 따지고, 한우도 화식 한우니 횡성 한우니 울릉도 약우니 하는 식으로 원산지와 사료로 차별화하지만, 그때만 해도 소고기 먹기란 명절이나 생일에 한 번 돌아오는 연례 행사였으니 이런 말이 나오는 것도 무리는 아니었다. 소고기를 넣어 만든 요리가 무작정 맛있는 것이 아님을 깨달은 건, 언젠가부터 성인이 되고 혼자 살기 시작하면서, 정확히는 스스로 밥을 지어 먹기 시작하면서부터였다. 음식이란 재료도 중요하지만 손맛 역시 무시할 수 없기 때문이다.

소고기로 할 수 있는 무수한 요리가 있음에도 언제나 최고는 '구이'였다. 좋은 소금에 살짝 찍는 것보다 더 좋은 (소고기 먹는) 방법은 없다는 사실을 깨달았다는 것. 탕도, 산적도, 양념구이도, 혹은 쌈 채소나 나물에 싸 먹는 어떤 방법도, 육질 좋은 고기와 소금의 단순한 조합을 이길 순 없었다. 그런데! 소고기를 쌈으로 먹는 자가 나타났다. 이름은 변종구. 영화 〈특별시민〉에서 그는 서울특별시 시장이다. 공장 근로자에서 인권 변호사와 국회의원을 거쳐 민선 시장 재선에 성공한 인물이다. 그는 문래동 공장에 다녔다. 사법시험에 합격했고 3선 국회의원에 이어 사상 초유의 3선 서울시장에 도전한다. 여기가 끝이 아니다. 최종 목표는 청와대 입성이다. 유일한 걸림돌은 당 대표이다. 시장 당선이 당면 과제다. 영화는 시장 선거를 둘러싼 정치판과 인간의 탐욕을 두루 고찰한다.

이 남자는 야심을 숨기지 않으며 즉흥적인 것처럼 보이나 용의주도한 인물이다. 이론보다 실전에 강한 인간, 필요하다면 스마트한 엘리트 국회의원도 건달 출신 사업가도 모두 내 편에 앉힌다. 선거 본부에 풋내기 박경을 발탁한 것도 토크쇼에서 던진 신랄하고 직설적인 질문 때문이었다. 에너지 넘치는 그가 믿는 건 '직관'이다. 정치라는 밀림에서 살아남는 법을 터득한 그의 본능은 동물에 가깝다. 그것도 육식동물에 가깝다. 피비린내를 맡고 상대를 추적하며 목덜미를 물어 먹이로 바꾸기까지 한 치의 주저함도 없다. 권력욕은 식욕에 비례하는 걸까? 정치 소재 영화답게 먹는 장면이 많이 등장한다. 먹고 마시면서 일한다. 초밥을 먹고, 일식을 먹고, 소고기를 먹고, 게 다리를 먹는다. 먹는 행위는 변종구의 욕망을 끌고 가는 강력한 엔진이었다.

변종구에게 소고기는 추억이면서 욕망이다. 순수한 시절로 데려다 주는 통로였다. 고가 그림 구매로 아내와 싸운 밤, 변종구는 문래동 시절 찾던 고깃집을 홀로 찾는다. "이게 그렇게 먹고 싶었어, 예전엔. (…) 예전에 공장 마치고 지나가면 어머니가 팔다 남은 뒷고기를 챙겨 주셨는데 입맛이 변한 건지 옛날 그 맛이 안 난다." 시장 선거가 끝난 후 유권자로 돌아가겠다는 박경에게 평생 외롭게 살고 싶으냐며 설득하는 변종구이지만, 정작 그는 고기 한 점 함께 나눌 사람이 없다. 그나마 추억의 시간을 상징하는 소고기는 그날 밤으로 끝이었다. 순수했던 과거로부터 현실로 돌아왔을 때, 그는 공장 근로자가 아닌 서울시장 변종구였다.

'비밀'과 '거짓말'은 욕망을 자양분 삼아 자란다. 깨끗할

수록 이물질 또한 선명히 드러나는 법. 그날 밤 집으로 오는 길에, 음주단속 철수시키라는 전화로 권력을 과시했으나 그것이 화근이었다. 비 오는 밤에 발생한 예기치 않은 사고. 깔끔하게 처리할 사람이 필요하다. 이참에 내부의 적도 색출해 제거해야 한다. 누가 적임자일까. 사고 은폐와 뒤처리까지 일련의 과정을 운전기사가 도맡는다.

〈특별시민〉엔딩은 인상적이다. 변종구는 운전기사에게 직접 고기를 먹인다. 상추 석 장을 겹쳐 쌈을 싼다. 3선에 대한 상징일까. 넘칠 만큼 가득한 쌈을 한 번도 아니고 두 번이나 억지로 입속에 욱여넣어 준다. 흔한 장면은 아니다. 운전기사는 한입에 삼키지 못한다. 씹을 수 없으니 당연히 삼킬 수도 없는 쌈을 억지로 입에 담은 그를 보며 변종구는 말한다. "길수야, 우리, 끝까지 가는 거다." 기사 입에 들어간 것은 고기쌈이 아니라 입막음이다. 그리고 변종구도 고기쌈을 싸 먹는다. 운전기사와 달리 변종구는 턱을 요동치며 씹어댄다. 누군가는 꿈도 꾸지 않을뿐더러 감당할 수도 없는 무언가를, 권력을 향한 욕망을 입속 가득히 채워 넣고는 말이다.

소고기 즐기는 법은 사람마다 제각각이다. 소금만 찍든 와사비를 찍든 쌈을 싸든 취향대로 먹으면 될 일이다. 분명한 것은 원재료를 둘러싼 첨가물이 많아질수록 고유의 맛은 사라진다는 점. 마찬가지로 변종구의 정치 경력이 늘어날수록, 당선

횟수가 거듭될수록 상추 숫자도 늘어나고 쌈이 고기를 에워쌀 것이다. 고기 맛은 떨어지고 쌈 채소 맛으로 먹는 주객전도 상황이 벌어진다. 옛 시절이 생각나 홀로 고깃집을 찾은 밤엔 쌈 없이 고기만 집던 그였다. 문래동 공장 근로자와 인권 변호사 시절 변종구는 이제 없다. 범죄와 추문에도 불구하고 3선 시장이 되었고, 앞으로도 승승장구할 거라는 섬뜩한 예언. 상추쌈은 곧 악행의 자서전이었다. 소고기를 쌈에 싸서 먹는… 누구냐, 넌!

손으로 밥을 먹는다는 것
< 반두비 >

．

．

．

2018년 9월 초순, 내가 사는 지역에 초밥집 하나가 오픈했다. 길에 널린 게 초밥집인 세상이니 뉴스감도 못 된다. 그런데 이 집에는 특별한 게 있다. 개인 접시와 젓가락 외에 나무로 만든 사각 함이 그것이고 안에는 거즈로 만든 오시보리(물수건)가 담겨 있다. 손으로 초밥을 먹는 손님을 위한 배려다. 손으로 쥐어 만든 음식이니 손으로 집어 먹어야 제격이라는 주장도 있다. 일본의 초밥 장인들은 손가락을 사용해 초밥을 먹도록 손님에게 권한다. 젓가락으로 초밥을 거꾸로 들어 간장 찍는 것이 어렵기 때문이다. 다른 이유는 좋은 초밥일수록 밥 부분을 성기게 뭉친다는 데 있다. 밥알 사이에 많은 공기가 있어야 하고, 그래야 재료가 입안에서 녹아내릴 수 있다는 논리이다. 일본인의 다수는 손으로 초밥을 먹는다.

아이들은 눈에 보이는 대로 손에 쥐고 잡히는 대로 먹는다. 분별이 없어서이기도 하지만 두려움이 없기 때문이기도 하다. 대상에 대한 두려움이 없다. 성장하면서 도구 사용을 익히고 수저나 포크 등을 이용해 식사한다. 청결과 위생에 관한 교육은 맨손 식사를 배제하고 도구 사용을 명문화한다. 맨손을 야만으로, 도구를 문명으로 구분한 이분법적·서구적 사고의 산물이다. 손으로 밥을 먹는다는 것. 손으로 음식을 먹는 건 유아기적 행동 또는 미개한 짓이라고 배웠다.

신동일 감독이 연출한 영화 〈반두비〉는 사회에 만연한 편견과 차별에 대한 비판서이다. 대학 진학에 뜻이 없는 여고생과 이주노동자가 나누는 우정이 메인 플롯이다. 등장인물은 하나같이 도덕적 하자 가득한 사람들이다. 노래방을 운영하는 여고생의 엄마와 무능력한 그의 애인, 성인 마사지 숍을 드나들다 학생과 마주치는 선생님과, 이주노동자의 임금을 체불하고도 뻔뻔한 중소기업 대표가 그러하다. 감독은 각양각색의 사람들을 한곳에 모아 놓고는 세계화 시대의 부끄러운 민낯을 까발린다. 개인의 윤리도 바로 서지 않은 사람들이 피부 색깔이 다르다는 이유로, 못사는 나라에서 왔다는 이유로, 손으로 밥을 먹는다는 이유로 이주노동자를 차별하고 착취한다.

주인공 민서가 카림을 집으로 초대하는 장면을 주목하자. 방글라데시에서 온 카림은 한껏 차려입기 위해 옷가게에 간다. 매장 종업원은 거스름돈을 쇼핑백 위에 올려놓는다. 외국인 노동자의 손과 닿기 싫다는 표시다. 그와 만난 한국인들은 선뜻 악수하지 못한다. 양손 가득 음식 재료를 들고 나타난 카림. 정성스레 재료를 손질하고 난을 굽고 인도 커리를 만들어 한 상

가득 차려 낸다. 손으로 커리와 밥을 비벼 먹는 카림과 이를 신기하게 바라보는 민서의 모습이 투 숏으로 잡힌다. 민서는 왜 손으로 밥을 먹느냐고 묻는 대신, 손으로 그러면 튼 데 쓰리지 않냐고 돌려 말한다. 그녀 역시 이주노동자에 대한 편견이 있다. 가난한 나라에서 왔기 때문에 잘사는 나라에 대한 콤플렉스가 있다고 믿는다. 손으로 밥을 먹는 것도 이상하고, 유행에 둔감한 것도 이해하지 못한다. 기준을 한국 문화와 정서에 두었기 때문이다. 차이를 외면한 채 차별로 대응하는 미성숙한 태도이다.

인도의 의식주 문화 저변에 깔린 가장 중요한 개념은 '오염' 인식이다. 생물의 몸에서 떨어져 나간 것은 오염을 일으키고 방사되어 전염된다는 개념이다. 불교에서 사람을 '흘리는 존재'라고 하는 것도 같은 맥락이다. 그것을 치우는 일을 항구적으로 하는 사람은 비천한 하층 카스트이다. 육식하는 것은 죽은 동물을 먹는 것이니 그 또한 오염된 일이라 여겨 브라만 계급은 육식을 하지 않는다. 인도인들이 숟가락이나 젓가락을 사용하지 않는 것은 바로 그 도구를 남이 사용했기 때문이다. 아무리 씻어서 깨끗하다 할지라도 그것은 물리적인 청결이고 관념으로는 오염된 것이다. 비록 더러운 손일지라도 물로 씻고 나면 물리적·관념적으로 깨끗해진다는 믿음에 내 손으로 밥을 먹는 것이다. 게다가 인도 음식은 우리 호떡 같은 빵 종류가 많다(남부로 가면 쌀로 만든 밥 종류도 많다). 그 빵을 손으로 뜯어 커리에 찍어 먹거나 싸 먹는데, 숟가락이나 포크를 쓰면 곤란하지 않겠는가. 영화에서 카림이 정성스레 식재료를 씻는 장면을, 그의 손을 그토록 오랫동안 보여준 건 이 때문이다.

어릴 적에는 왼손잡이에 대한 금기가 있었다. 군사독재 시절이었기에 '왼쪽'은 무조건 경원했던 것일까, 아니면 왼손잡이는 비정상이라고 생각했기 때문일까. 동생은 왼손잡이로 시작했으나 자라면서 오른손잡이가 되었고, 부모님은 오른손으로 젓가락질하는 동생을 보며 뿌듯해 하셨다. 편견과 차별의 시대가 낳은 슬픈 자화상이다. 문화란 환경에 맞게 발전할 뿐 일방의 기준으로 고급과 저급을 구분 짓는 행위는 마땅하지 않다. 인도인과 식사할 경우 같이 손으로 먹어 주진 못하더라도 이상한 눈초리는 거둬야 한다는 것.

〈반두비〉의 압권인 엔딩 시퀀스, 즉 카림의 진심을 알게 되었지만 (언제나 그렇듯) 너무 늦어 버린 것을 자책하던 소녀가 어엿한 숙녀로 변신해 이태원에 등장하는 장면이다. 인도 식당에 들어간 민서는 음식을 주문한다. 부조리하고 편견 가득한 세상에서 허우적거리던 소녀가 마침내 갖가지 음식을 제 손으로 집어 드는 순간, 스크린을 비집고 들어와 유영하던 정치 코드와 도발적 언술은 한순간 사라지고 만다. 이것은 참으로 희귀한 경험이다. 100분여를 좌충우돌 종횡무진 달려와 놓고는, 무슨

일 있냐는 듯이 겨드랑이에 두 손을 넣어 비비면서 머쓱하게 미소 지을 때의 당당하고 넉넉한 표정. 이제 민서는 손으로 인도 음식을 먹는다.

만촌동 초밥집에서 나는 처음으로 초밥 몇 개를 손으로 집어 먹었고 이내 익숙해졌다. 신기하고 흥미로운 경험이었다. 누군가 왜 젓가락 대신 손으로 먹느냐고 묻는다면 나는 이렇게 대답할 것이다. 우리가 상추쌈을 젓가락으로 먹지는 않잖아요?

소울 푸드 - 우동과 우동

< 우동 >

그 많던 중국집 우동은 어디로 갔을까?

어머니는 내가 태어나기 전부터 계를 하셨다. 서울 용산구 소재 아파트 입주민들과 만든 계였다. 계주로 대장 아주머니가 계셨고, 장군 사모님이라 불린 분도, 가장 친했던 이웃집 누나의 엄마도 계원이었다. 매달 한 번 평일에 만났던 걸로 기억한다. 장소는 시내 중국집이었다. 어머니 손을 잡고 버스를 이용해 시내로 갔다. 초등학교도 입학하지 않은 어린아이가 누릴 수 있는 최고의 호사였다. 1960년대 말의 일이다.

중국집에 가면 어김없이 먹던 음식은 우동이었다. 아이들 대부분이 짜장면으로 중국 음식에 입문할 때 나는 우동으로 중국집과 안면을 텄다. 그날부터 나는 매번 우동만 먹었다. 한 그릇을 거뜬하게 비우고는 어머니의 그릇까지 넘봤다. 여섯 살짜리 꼬마애가 말이다. 왜 하필 우동을 좋아했는지 이유는 잘 모르겠다. 난생처음 먹어 본 중국 음식이 우동이었기 때문일 것이다.

초등학교 4학년부터 학교에서 점심을 먹게 되었다. 점심

도시락이라고 해 봐야 멸치볶음 또는 어묵볶음(덴뿌라 볶음이라고 써야 리얼리티가 살아난다)과 김치가 고작이었다. 달걀부침은 바닥에 깔았다. 담임선생님은 점심 식사를 배달 중국 음식으로 해결했다. 일 년 내내 담임선생님이 먹은 점심은 우동이었다. 단한 번도 예외는 없었다. 내가 제일 좋아하는 그 중국 음식 우동을 내가 보는 앞에서 훌훌 불어 가며 먹었다는 말이다. 우동이 그토록 간절한 순간이 또 있었을까. 중국집 우동에 대한 집착과 갈증은 한동안 계속되었다. 중학교 2학년, 난생처음 짬뽕을 만나기 전까지.

1960~70년대는 어느 중국집을 가도 우동을 먹을 수 있었고 짬뽕보다 우동이 더 많이 소비되던 시절이었다. 흔히 하는 말로, 중국집 음식 맛을 가늠하려면 짜장면을 먹어 보면 알 수 있다고 한다. 요즘엔 그렇다. 예전에는 우동 맛을 보면 주방장 솜씨를 알 수 있다고 했다. 그 정도로 우동은 흔한 음식인 동시에 요리사의 내공이 확연히 드러나는 음식이란 얘기다.

지금의 10~20대들은 중국집에서 우동을 팔았다는 사실에 놀란다. 중국집에서 우동이 사라진 지 오래다. 이제 우동이라 불리는 건, 일본식 우동이거나 퓨전 레스토랑에서 내는 볶음 우동이거나 고속도로 휴게소에서 파는 즉석 우동이 고작이다. 어쩌다가 중국집에서 우동을 먹어도 예전 맛이 나질 않는다. 일본 3대 우동에 관해선 줄줄 꿰는 이들도 한때 중국집 우동이 찬란했던 시절이 있었음을 알지 못한다. 중국집 메뉴판에서조차 사라진 우동, 안타까운 일이지만 내겐 분명히 우동과 함께해 온 시절이 있었다.

중국집에서 우동이 사라진 가장 큰 원인으로 업계에서는 육수를 따로 준비해야 하는 수고를 꼽는다. 그러니까 짜장면이나 짬뽕과는 달리(짬뽕의 경우 따로 육수를 만들어 쓰지 않고도 조리 가능하다) 우동은 반드시 닭 육수로 만들어야 하는데, 이를 위해선 새벽부터 나와 육수를 끓여야 한다는 것. 2000년대 이전까지는 중국집 메뉴 중 우동 소비량이 꾸준했기에 노동력 대비 손익분기점을 맞출 수 있었겠지만, 이후 프랜차이즈 짬뽕과 수타 짜장 전문점으로 세분화되고 특화된 중국집이 득세하면서 동네 중국집 우동은 뒷전으로 밀려나게 된다. 또한 소비자 입맛에 맞춘 요식업계의 변화도 한몫했다. 이 시절 '바지락 칼국수 전문점' 광풍이 전국을 휩쓴 것을 필두로 2000년대 후반 불어닥친 매운맛 열풍 탓에 우동은 기억에서조차 희미한 음식으로 전락하고 말았다.

어느 해, 대구에서 반가운 이름을 만났다. 다름 아닌 '야끼 우동'이다. 비주얼과 맛으로 볼 때 서울서 먹은 해물볶음 우동에 매운맛을 첨가한 음식으로 보인다. 서울에선 듣도 보도 못한 메뉴였기에 신기할 수밖에 없었다. 무엇보다 중요한 건 우동이라는 이름을 걸고 중국집의 대표 메뉴로 자리하고 있다는 사실이었다.

　물론 정통 중국집 우동이 기막힌 집도 찾아냈다. 동네 작은 중국집이었는데, 웍wok 돌리는 솜씨가 출중하여 보는 사람마다 찬탄을 금치 못하였고 맛은 '만한전석'이 부럽지 않게 다채롭고 깊어 가히 중국 우동의 정수를 드러냈더랬다(아쉽게도 2018년 폐업했다). 제대로 만들어 내는 좋은 곳이 쉽게 사라지는 시대인지라 누구 탓을 할 겨를도 없다. 무언가를 허겁지겁 먹고 바삐 살아야 하는 시대이니까. 그럼에도 나는 중국 우동의 은둔 고수 찾기를 포기하지 않았다. 오늘도 내일도, 어쩌면 평생 어린 시절 먹던 중국 우동 맛을 찾아다닐 것이다.

　기억해 보면 IMF로 인해 가장 추웠던 그해 겨울, 주머니 가벼운 직장인과 서민의 차가운 속을 달래 준 것은 짬뽕과 더불어 뜨끈한 국물 맛으로 몸을 덥혀 주던 '중국집 우동'이었다. 추운 겨울 저녁이면, 뜨거운 국물과 잘 삶긴 면발 위에 각종 채소와 해물이 고명처럼 올라와 미각을 자극하는 중국집 우동이 유독 그립다. 그런데 혹시 한국영화에서 우동 먹는 장면을 본 적 있으신지. 나는 아무리 기억을 더듬어도 중국집에서 우동 먹는 극중 인물을 본 적이 없다.

고향에 건네는 한 그릇의 인사

우동이라는 음식에는 뭐랄까.
인간의 지적 욕망을 마모시키는 요소가 들어 있는 것 같다.
– 무라카미 하루키, 『하루키의 여행법』

거두절미하고, 우동은 일본 사람들이 가장 좋아하는 음식 중 하나다. 한국식 우동이 사골 또는 해산물을 우려낸 육수에 면을 넣어 함께 삶아 걸쭉한 반면, 일본식 우동은 육수에 간장·소금 등을 넣어 간을 한 뒤 숙성시킨 면에 부어 먹어 깔끔한 맛이 난다. 우동 천국답게 일본에는 다양한 우동이 존재한다. 그중에서도 호사가를 사로잡은 맛, 즉 일본 3대 우동으로 사누키, 이나니와, 미즈사와를 꼽는다. 이 가운데 가장 오랜 역사와 전통을 자랑하는 일본 우동의 대표 선수, 사누키 우동이다.

거물이 되고 싶어 빛의 도시를 찾아 고향을 떠났던 마츠이 코스케. 스탠딩 코미디언으로 뉴욕의 클럽을 전전하였으나 거듭된 실패로 고향에 돌아온 후 출판사에서 일하며 지역 소식지에 우동 가게를 소개하는 과정을 그린 기적 같은 이야기. 위대한 철학자 칸트의 말로 문을 여는 모토히로 가츠유키 감독의 〈우동〉이다.

코스케의 고향은 우동으로 알려진 사누키(가가와 현의 옛 이름)이다. 사누키는 인구 100만 명에 우동집은 900여 개 점포가 있다. 인구 1,400만 명인 도쿄에 맥도널드 점포가 500여 개인 것과 비교하면 놀랄 만한 숫자다. 사누키를 '우동의 고향'이라고 부르는 이유가 여기에 있다. 무라카미 하루키 역시 가가와 현의 셀 수 없이 많은 우동집에 놀랐다고 자신의 책을 통해 고백한다. 호텔 조식이 우동이어서 독특하다 생각했는데 가가와 현에서는 특별한 모습이 아니다(심지어 아기 이유식도 우동으로 만들어 팔고 있단다). 가가와 현에서 일 년 동안 한 사람이 소비하는 우동이 230그릇이라고 하니, 더 이상의 설명은 사족이다. 이런 지역에서 나고 자란 코스케. 미래가 보이지 않아 고향을 떠났으나 미래를 만나지 못한 채 고향으로 돌아온다.

사누키에서도 작은 마을에 위치한 마츠이 제면소. 코스케 아버지가 평생의 업을 이어 온 우동집이다. 코스케의 등장으로 온 마을이 시끌벅적하다. 아버지와 불화하는 아들은 서사의 단골 메뉴다. 코스케 부자도 데면데면하다. 아들은 고지식한 아버지가 딱하고, 아버지는 끈기 없는 아들이 한심하다. 지역 출판사의 영업사원이 된 코스케는 지역 소식지에 고장 명물인 우동 소개 코너가 없는 것을 알고는 우동 가게 탐방 취재에 나선다. 허풍과 허세 가득한 줄로만 알았던 코스케가 고향 마을에 기적을 일으킨다.

우동집 건물의 뒤쪽엔 파밭이 있었다.

한 손님이 "아저씨, 파가 없는데"라고 주문을 했더니

나카무라 씨가 "뒤꼍의 밭에 가면 얼마든지 있으니까

드시고 싶은 만큼 캐다 드세요" 했다고 한다.

아무튼 와일드한 우동집이다.

– 무라카미 하루키, 『하루키의 여행법』

무라카미 하루키가 쓴 『하루키의 여행법』에 등장하는 사누키 우동은 영화 〈우동〉이 만들어지고 우동 열풍이 정점이던 시절, 가가와 현을 여행한 후 남긴 기록이다. 하루키는 2박 3일 간의 시코쿠 여행 동안 여러 우동집을 순례한다. 그중 딱 한 곳, 나카무라의 우동에 대해서는 칭찬을 아끼지 않는다. 그 맛이 궁금해 견딜 수가 없을 정도다. 그만큼 사누키 우동 맛이 인상적이었다는 얘기일 터. 영화에도 같은 장면이 (책과는 다르게 묘사되지만) 등장한다.

사누키 우동의 특징은 단순함에 있다. 면발이 탱탱하고 매끈하다는 것. 그러니까 면발 하나로 승부하는 우동이 사누키 우동이다. 사누키 우동을 만드는 법은 간단하다. 물과 소금과 밀가루를 넣어 반죽하다가 끈기가 생길 때 발로 밟아 치댄 후 경단을 만들어 비닐에 싸서 재운다. 다시 5~6장을 겹쳐 발로 밟아 반죽이 완성되면 밀대로 넓게 편 후 10~15분가량 삶아

간장이나 차가운 국물을 부어 먹으면 된다.

가가와 현이 속한 시코쿠 지방은 강수량이 적어 벼농사가 잘 되지 않는 지역이었다. 물이 많이 필요한 벼농사보다는 밀농사를 많이 지었다. 밀 수확량 증가에 따라 자연스레 면 요리가 발달했던 것. 또한 우동을 만들 때 필요한 소금과 간장과 멸치를 쉽게 구할 수 있다는 점은 가가와 현을 우동의 고장으로 만든 밑거름이다. 일본 전역에 사누키 우동이 알려지기 시작한 건 1988년 세토 대교가 개통되면서인데, 다리 개통은 TV 프로그램이나 잡지에서 소개한 사누키 우동을 맛보기 위해 가가와 현을 찾는 관광객 유치에 일조한다.

우동집 탐방이 성행한 것은 1980년대 말 즈음부터 가가와 현의 타운 정보지에 우동집 소개 계획 「게릴라 면통단麵通團」이 연재되면서부터이다. 우동 맛뿐만 아니라 우동 가게 방문 자체를 즐기는 손님이 크게 증가하게 된 것. 1990년대 후반부터는 일본 전역에서 사누키 우동집을 순례할 목적으로 가가와로 떠나는 여행이 시작된다. 요즘 말로 '먹방 투어'다. 2006년 8월 영화 〈우동〉이 개봉하자 우동 열풍은 정점에 이른다. 가가와 현 조사에 따르면, 현을 방문한 관광객의 40퍼센트 이상이 관광의 동기를 "사누키 우동을 먹는 것"으로 꼽았으며, 관광의 인상적인 점으로 "사누키 우동이 맛있었던 것"이라는 대답이 가장 많았다. 가가와 현에서는 우동을 현지 특산 음식으로 판

매하기 시작하여 지금은 가가와 현 경제에 큰 영향을 끼칠 정도의 관광 자원이 되었다.

"히트는 만들어 낼 수 있지만 붐은 쉽게 일으킬 수 없다." 홍보 마케팅의 대원칙이다. 영화 속 코스케가 만든 지역 소식지는 우동 열풍을 넘어 붐을 일으킨다(제주항공에서 취항한 가가와 현 다카마쓰 시는 우동 투어와 무관치 않다). 문제도 생겨났다. 각지에서 관광객이 몰려오자 작은 마을이 몸살을 앓기 시작한다. 불법주차와 쓰레기 투기와 수질오염 문제가 부상한다. 전통 방식으로 우동을 만들며 안분지족하는 삶에 익숙한 시골 사람들에게, 밀려드는 인파는 공해이고 소음이다. 곧 마을에 폐를 끼치지 않으려 자진해서 문 닫는 가게가 늘어난다. 예기치 못한 결과다. 부작용과 함께 점차로 식어 가는 열기. 샴페인 거품에 흥청댔던 시절이 저물어 가고 있었다. 새로운 걸 일으킨다는 건 그전에 있던 무언가를 부순다는 것이다. 코스케와 동료는 이 사실을 너무 늦게 알아차렸다. 거품은 거대했고 환상으로부터 나오기 싫었던 탓이다. 텅 빈 공항과 인적 끊긴 마을에서 우동 열풍의 흔적은 찾아보기 힘들다. 이제 코스케는 새로운 도전을 준비한다.

웃음은 소화를 돕는다. 위산보다 월등히 강하다.
– 임마누엘 칸트

아버지 49재를 앞둔 날 밤, 코스케 앞에 나타난 아버지는 말한다. "사람들을 웃기는 거? 맛있는 우동을 먹으면 되잖아. 맛있는 걸 먹을 땐 누구나 웃잖아." 맛있는 음식 앞에서 함박웃음 짓는 건 인지상정이다.

대전역에선 반드시 가락국수를 먹어야 한다고 했다. 지금보다 조금 느리게 살던 시절, 세간에 돌던 이야기다. 경부선과 호남선이 교차하는 역에서 기차 환승 전 1분가량의 촌각을 다투며 훌훌 넘겨야 했던 국숫발. 수없이 물에 몸을 맡긴 면발하며 말라비틀어진 쑥갓과 유부 몇 조각에 고춧가루 뒤집어쓴 가락국수는 맛과 정성을 기대할 수 없는 급조된 싸구려 음식임에 분명했다. 그럼에도 불만 없이 먹었던 건 목적지가 어느 방향이든 누구에게나 요구되는 통과의례였고 교차점에서 나누는 인사였기 때문이다. 가락국수가 유부우동에 가까워진 21세기에도 대전역엔 가락국수라는 이름이 추억을 이고 서 있다.

다른 추억 하나. 1980년대는 '각기우동'(카케우동의 한국식 표기)을 파는 분식집이 많았다. 각기우동은 사누키 우동의 조리 방법 중 하나로 국물에 파와 김 등의 고명을 얹어 면을 말아먹는 가장 흔한 우동이다. 1993년 3월 대구 삼덕동 동인호텔 인근에서 시작한 '장우동'을 필두로 1997년에 창업한 '용우동', '한우동' 등, 2000년대 초반까지 우동 프랜차이즈 전성시대도 있었다. 비빔만두의 추억을 불러일으킨 '장우동'은 창업지 대구에서조차 이제 찾아보기 힘들다.

우동 축제로 한창이던 밤, 출판사 편집장은 직원들에게 오래된 우동 이야기를 들려준다. 세토 대교가 개통되기 전, 우고 연락선 갑판 매점에서 팔던 우동에 관한 이야기이다. 이 우동은 탄력도 없고 윤기도 없었지만 그게 맛있었던 건 고향을 떠날 때, 그리고 돌아올 때 먹었기 때문이라고. 연락선에서 먹은 우동은 "다녀왔습니다", "다녀오겠습니다"라는 한 그릇의 인사였다고 말이다.

어떤 나라 어떤 마을이든, 그곳을 고향이라고 생각하는 사람이 있는 한 소울 푸드가 반드시 하나 정도는 있다. 누구든 어느 때는 웃으면서, 어느 때는 울면서 먹으며 뱃속과 마음을 채우는 행복한 먹거리. 당신의 소울 푸드는 무엇입니까?

(추신) 이 글을 쓰는 2020년 3월 말, 이 나라에, 아니 세계에 코로나19 감염증이 창궐했다. 속수무책으로 당할 수밖에 없었던 시간. 절망의 터널을 뚫고 나오기까지 얼마나 더 많이 슬퍼하고 좌절하며 무너져야 할지 몰랐다. 날로 기온이 올라가는 계절임에도 따뜻한 우동 한 그릇이 간절했던 건, 탱탱한 면발이 목을 넘어갈 때의 식감이 쉬이 지워지지 않는 건, 모든 재료가 어우러져 빚어낸 중심 잡힌 깊은 맛 때문이었다.

소울 푸드 - 라면과 컵라면

< 첫잔처럼 >, < 시라노; 연애조작단 >

.
.
.

세상에서 가장 맛있는 라면

"정말 면을 좋아하나 봐?" 하고 그가 물었다. 그렇다. 나
는 면을 좋아한다. 어쩌면 나와 같은 세대 모두가 그럴지도
모른다. 특히 라면을 좋아한다. 한때 3천만의 간식이라 불린
그 꼬불꼬불한 면발과 알싸한 국물이 감칠맛인 라면 말이다.
1960~70년대 유년시절을 보낸 이들치고 라면 싫어하는 사람
이 있을까. 삼시 세끼를 밀가루 음식으로 해결한 기억에 국수
고 수제비고 할 것 없이 분식이라면 고개를 절레절레 흔드는
사람도 있긴 하더라마는. 그럼에도 라면은 1960~70년대를 함
께 걸어온 가정식이었고, 간식이었으며, 비상식량이었다(물과 불
이 필요하기 때문에 비상식량으로 적합하지 않다는 지적도 있고, 염도가 높은
것이 비상식량으로 적절하지 않다는 의학계 주장도 있다). 학교 마치고 친
구를 데려와도, 공부하다 배가 출출해도, 휴일 점심에 마땅한
찬거리가 없을 때에도 라면이면 만사 오케이였다. 밥만큼이나
친근하고 친밀하며 친숙한 먹거리. 그러니 한국영화에서 라면
이 등장하는 장면을 일일이 거론하는 건 오히려 번거롭다.

박동훈 감독의 단편 〈전쟁영화〉에서 라면은 남자 집안의 재력과 든든한 배경을 과시하는 상징이다. 학송은 맞선 상대 유정에게 라면을 싼 보자기를 건네며 라면 조리법을 자세히 알려주는데, 그 기세가 등등하다. "물 두어 세기 붓고 끓이다가 라면이랑 쇠고기 국물가루 넣고 3분가량 더 끓인 후에 드시면 됩니다. 유정 씨 취향에 따라 달걀이나 파를 넣어도 좋고요." 영화의 배경은 1965년이니 이 땅에 라면이 등장한 지 불과 2년이 지났을 때이다. 한국 최초의 라면은 1963년 9월 15일에 출시되었다. 상대 여성의 호감을 얻기 위해 선물로 주었을 정도로 초기의 라면은 서민이 쉽게 먹을 수 있는 음식이 아니었다. 그런 라면이 집에 박스째로 있다는 학송의 너스레에서 유정은 풍족하고 안정된 미래를 보았는지도 모른다. 아무튼 둘은 결혼하여 아들딸 낳고 잘 살았다나….

한국영화 사상 가장 유명한 라면이라면 "라면 먹고 갈래요?"로 전파된 (정확한 대사는 "라면 먹을래요?"이다.) 허진호 감독의 〈봄날은 간다〉에서 이영애가 끓인 라면을 첫손에 꼽아야 할 것이다. 라면만 같이 먹을 사람이 필요한 여자와 김치도 나누고 해장까지 같이 할 여자를 원했던 남자가 벌이는 사계절 동안의 사랑 이야기. 어느 밤, 라면을 같이 먹은 남녀는 급속히 가까워지고 사랑 놀음에 빠져든다. 그러니까 이게 전부, 라면 때문에 시작된 일이라는 얘기다. 한편 우민호 감독의 〈내부자들〉에서,

오른 손목이 절단된 이병헌은 왼손을 서툴게 놀려 가며 라면을 먹는다. 젓가락을 집게처럼 사용해 면발을 훅훅 불며 넘길 때의 라면은 와신상담의 징표이다. 훼손된 오른손에 대한 복수의 다짐이다. 라면 냄비 옆에 놓인 소주 한 병이 결연한 의지에 불을 지핀다. 그리고 또 한 편의 영화.

라면집에 들어온 소년은 무얼 먹겠냐는 주인에게 "라면집에선 당연히 라면 아닌가요?" 하고 당차게 말한 후 자기 취향대로 만들어 주길 요구한다. "계란은 맨 마지막에 넣으시고요, 가운데 노른자가 익기 전에 뒤집지 말고 바로 꺼내 주세요." 일명 '계란 반숙 라면'이다. 소년의 라면이 얼마나 맛있었던지 (같은 라면을 먹은) 철거 용역 깡패가 놀라고, 라면집 주인이 경악한다. 일은 뒷전인 채 소주까지 마시게 만드는 마성의 맛. 라면 맛이 입소문을 타자 두 시간씩 기다리는 일은 예사가 되고, 연 매출 500만 원에 불과하던 라면집이 대기업으로부터 수십억짜리 인수를 제안받기에 이른다. 백승환 감독의 〈첫잔처럼〉에서, 어린 시절의 주인공이 라면 비법을 넘겨주는 장면이다. 사려 깊은 미식가인 주인공은 일찍이 라면을 맛있게 만드는 조리법에서 타의 추종을 불허했다. 문제는 남 좋은 일에 그친다는 것. 라면집 주인에게 고맙다는 말 한마디 듣지 못한 채 문전박대 당하는 신세다. 면발처럼 꼬인 인생이란 이런 그를 두고 하는 말이 분명하다.

"늘 그래 왔듯이 나의 소중한 꽃들은 언제나 내가 이름을 불러 주기도 전에 남에게 가 버렸다"고 푸념하던 남자. 맨날 양보만 하던 사내. 그렇게 대부분을 남에게 빼앗긴 채 홀로 30대 중반의 제약회사 영업부 과장이 된 주인공은 연일 이어지는 접대와 회식으로 심신이 피곤하다. 술에 취하고 안주에 부대끼고 사람에 지친 그의 일상을 위로하는 건 어린 시절 자신이 고안한 반숙 라면이다. 항상 남에게 지고 손해 보고 빼앗기며 살아왔던 시간을 반추하며 쓰린 속을 달래려 끓이는 반숙 라면. 이제 그 마성의 조리법을 좀 더 디테일하게 살펴볼 때다.

　　반숙 라면을 끓이는 순서는 이렇다. 물은 면이 잠길 만큼 살짝 적게 잡고 라면과 스프를 1차로 넣은 후에 졸이듯이 조리한다. 국물이 끓어오르면 찬물을 조금 넣어 열기를 식힌다. 다시 끓으면 또 찬물 넣기를 몇 차례 반복한다. 완성된 라면을 그릇에 담고, 달걀을 풀어 젓가락으로 갈라가며 반숙을 만든다. 그러고는 잘 익은 엄마표 김치와 함께 먹으면 된다. 만약 당신이 밤 10시쯤 영화를 보기 시작했다면, 이 대목에 이르러 견디기 힘들어질 것이다. 영화는 주인공이 라면을 끓이기 시작해 국물도 남김없이 다 비워 버리기까지 무려 3분 15초 동안의 전 과정을, 이 침 넘어가는 시퀀스를, 잔인할 정도로 근거리에서 선명하게 보여주기 때문이다.

　　라면 비법도 빼앗기고, 좋아하던 짝사랑 소녀도 놓쳤으며, 대학 시절 단짝 친구도 선배의 여자가 되었다. 욕심내는 법 없이 사람 좋던 주인공을 자극한 건, 자신이 신입 사원 시절 유독 그를 예뻐했던 예전 대표이사의 급작스런 별세였다. 고향집에서 급히 올라와 조문을 한 주인공의 귓전을 때리는, "잘해서 남 주지 말고 니 거 잘해. 가끔은 너만 생각해. 내가 전화해도 예쁜 여자가 만나자고 하면 그쪽으로 가"라던 그분의 충고. 마지막으로 술잔을 기울이던 일식집에서였다. 영화 〈용순〉에서 단 한 번도 끝까지 움켜쥐는 법이 없었던 용순이 체육 선생을 쟁취하기 위해 죽을힘을 다했듯이, 자기를 위해 욕심내지 않던 주인공에게도 변화가 찾아온다. 장점이 많은 남자, 따뜻한 미소와 온기를 품은 남자, 그런 자기 장점을 보지 못한 채 위축되어 소극적인 삶을 살아온 주인공이 어깨를 펴고 힘차게 발걸음을 내딛는다.

이제 영화의 마무리. 괴팍하기로 소문난 정신과 교수와의 비즈니스 미팅을 성공적으로 마친 주인공을 반기는 건 소담스레 내리는 눈이다. 쾌거를 접한 팀장의 "한잔 콜?" 사인을 완곡하게 거절한 후, 막 사귀기 시작한 여자 친구에게 전화를 걸어 데이트를 신청한다. 굴 요리 기가 막히게 잘하는 곳에 가잔다. 눈 내리는 거리에 가로등과 신호등 불빛이 환상처럼 퍼진다. 그의 선한 표정에 함박웃음이 내려앉는다. 보는 사람조차 기분 좋아지는 엔딩이다. 마치 새롭게 시작하는 첫날에 기울이는 첫 잔처럼 말이다.

그 남자가 컵라면을 먹을 때

고민과 갈등의 연속인 연애. 대인관계에 서툰 이들의 연애를 조율하고 관리해 주는 연애 에이전시가 있다면 사랑은 한결 쉬워질까? 이런 상상에 바탕을 두고 현실에서 있을 법한 소소한 에피소드로 연애의 본질을 파고든 영화가 김현석 감독의 〈시라노; 연애조작단〉이다. 이 영화를 처음 봤던 2010년. 언론 시사회가 끝나고도 한참을 멍하니 앉아 있었다. 사랑이 무엇인지 스스로에게 자문했고, 사랑 방정식이 있기는 한 건지, 의문으로 가득했다.

"한때 희중 씨를 믿지 못해 우리가 멀어졌던 적이 있었죠. 저는 사랑이 뭔지 모릅니다. 그래서 사랑보다는 믿음이 더 중요한 거라고 생각했었죠. 이제야 깨달았습니다. 믿어서 사랑하는 것이 아니라 사랑해서 믿는다는 것을. 그냥 조금만 더 사랑하면 다 해결될 문젠데, 왜 행복한 순간은 그때 알아채지 못할까요. 희중 씨와 함께했던 순간들이 얼마나 소중했는지 이제 깨닫습니다."

아그네스 발차의 노래 '우리에게 더 좋은 날이 되었네'가 흘러나오고 마지막 고백이 벌어지는 순간이다. 동해안 바닷가 벤치에 앉은 두 남녀 사이의 긴장과 떨림.

한 번 헤어진 커플은 반드시 같은 이유로 헤어진다는 말. 그렇다면 해답은 간단하다. 헤어진 이유를 찾아내어 완전히 복원하면 될 일이다. 같은 맥락으로 만들어진 게 상용의 바닷가 고백 장면. 신뢰를 사랑보다 중시했다가 맛본 지난 일을 반성하고, 사랑으로 믿음까지 품겠다는 다짐이다.

시간을 뒤로 돌려 보자. 상용은 희중을 의심했다. 몸이 아프다는 이유로 약속을 취소한 희중이 걱정된 상용은 약을 건네주려고 희중의 집으로 찾아간다. 그의 손에는 장미 꽃다발도 들려 있다. 이럴 때 어김없이 등장하는 악마의 장난. 희중과 실랑이 벌이는 병훈을 목격했던 것. 의심이 시작된 지점이다. 그런데 정말로 순수한 마음으로(단지 약을 전달하기 위해서) 희중의 집으로 갔을까. 조급했을 것이다. 너무 좋아하는 여자에게 접근조차 하지 못하던 차에 연애 매니지먼트사의 도움으로 매우 가까워졌고 목적을 이룰 수 있는 찰나에 벌어진 데이트 취소는 충격이었을 터. 진짜 아픈 것인지를 확인하고 싶었을 수도 있다. 의심하고 싶은 마음이 의심의 증거를 피워 올리는 법. 하필 병훈이 그 집 앞에 있었고 그것은 확신으로 돌변한다.

잘못을 깨닫고 다시 한 번 희중에게 마음을 전달하려 결심하는 상용은 '오르세 미술관 특별전'이 열리는 미술관으로 향한다. 희중이 좋아하는 화가의 그림도 왔다. 반드시 그녀가 올 것이니 만나서 진심을 전해야 한다. 상용은 전시실에서 몇

날 며칠을 기다린다. 우연히 마주치게 될 희중을 생각하면서. 그러다 전시실에서 쫓겨난 상용이 희중을 기다리는 장소는 야외 계단이다.

무작정 기다리는 남자에게 컵라면이 전해진다. 미니 컵라면이다. 물을 막 부은 터라 무척 뜨겁다. 급하게 먹으려다 보니 뜨거운 면이 목에 걸린다. 후후 불어 가며, 목에 걸린 라면을 뱉었다가 도로 삼켜 가며 먹는 컵라면이다. 이 장면에서 관객의 웃음이 터진 건 누구나 한 번쯤 겪었을 법한 공통의 경험 때문이다. 김현석 감독의 장기다(이 분야 최고수는 아마도 강우석 감독일 것이다). 순수한 남자의 열망은 계단에 앉아 먹는 컵라면에 담긴다. 상용의 손에 들린 미니 컵라면은 한 끼 식사라기보다는 허기를 모면하기 위한 정도다. 온종일 상용은 아무것도 먹지 못했을 것이다. 요기 때문에 자리를 비운다면 그사이 희중이 지나갈지도 모를 일이다. 계단을 지키고 오가는 사람을 주시하며 시간을 절약하기에 컵라면만 한 것이 없다. 컵라면은 애초에 그런 용도로 만들어진 음식이니까.

1971년 일본 닛신식품日清食品에서 세계 최초로 개발한 컵라면이 한국에서 처음 시판된 건 1972년 3월의 일이다(최초로 만들어진 S사 컵라면의 이름은 '컵라면'이었다). 1996년, 가게나 편의점에서 컵라면을 먹을 수 있게 됨으로써 컵라면 판매량은 기하급수적으로 증가한다.

나는 컵라면을 즐겨 먹는 편이 아니다. 고백하자면 이 책을 쓰는 동안 단 한 개의 컵라면도 먹지 않았다(《처음처럼》의 조달환이 끓이는 레시피를 따라 하며 몇 번이고 라면을 끓여 먹은 것과는 달리). 어쩌다, 정말 어쩌다가, 바깥에서 마땅한 먹을거리가 떠오르지 않거나 단시간에 식사를 마쳐야 할 때 마지못해 편의점을 찾아 컵라면에 물을 붓는다. 꼬들꼬들한 면발을 좋아하는 내게 용기에 적힌 3분은 무의미하다. 보통 2분이면 뚜껑을 연다. 물 온도만 받쳐 준다면 컵라면을 익히기 충분한 시간이다. 꼬마김치도 한 봉지 놓고, 후루룩 몇 젓가락을 넘긴다. 한 끼 끝.

컵라면 용기를 볼 때마다 궁금했다. 속은 펄펄 끓는데 표면까지 열이 전달되는 걸 막는, 그래서 손으로 들고 먹을 수 있도록 보온 단열 용기를 만든 신박한 발상이 호기심을 자극했다. 뜨거운 물을 보존하면서도 용기에 손상가지 않도록 하는 원리. 유식한 말로 '르샤틀리에 원리'라고 한다. 이 원리에 따라 만들어진 것이 컵라면 스티로폼 용기이다.

컵라면 먹는 신공으로 〈황해〉의 하정우만 한 인물은 없을 것이다. 추위와 긴장 속에 허기를 달래기 위해 찾은 편의점에서 먹는 컵라면. 입안에 냉각기가 장착된 양 뜨거운 컵라면을 단 두 젓가락으로 끝내는 놀라운 흡입력에 혀를 내둘렀다. 보는 이까지 침 고이게 만드는 이 장면 때문에 심야 컵라면 매출이 올랐을 정도다. 〈미술관 옆 동물원〉에서 얼떨결에 한집 생활을

하게 된 춘희와 철수가 먹는 첫 번째 음식도 컵라면이다. 서먹서먹한 집안 공기를 실감나게 잡아 낸 디테일한 연출이다. 한편 실연의 아픔이 담긴 쓸쓸한 장면에도 컵라면은 등장한다. 〈봄날은 간다〉에서 실연 위기에 놓인 상우가 먹는 컵라면 옆에 아버지가 조용히 소주 한 병을 놓아 주는 시퀀스는 허진호의 웅숭깊은 연출이 빛을 발한 명장면이다.

작업과 진심, 욕망과 질투, 진실과 거짓, 운명과 우연 등 영화에 고루 담긴, 연애에서 경험할 여러 감정과 고민들은 지나간 혹은 지금의 연애를 생각하게 만드는 공감의 원천이다. 여기에 적절하게 터져 나오는 유머 코드는 영화를 시종일관 유쾌하게 이끈다. 그 촘촘한 이야기 속에 툭 내던져진 미장센, 미술관 계단에 앉아 컵라면 먹는 남자의 시퀀스를 넣은 김현석의 연출력은 능수능란하다. 딱히 흠잡을 데 없는 로맨틱 코미디 〈시라노; 연애조작단〉이다.

⟨ 첫 잔처럼 ⟩ 반숙라면 레시피

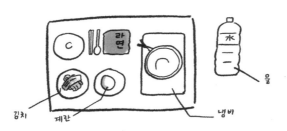

김치 계란 냉비 을

* 라면과 스프를 1차로 넣은 후에

쫄이듯이 조리하다

물이 팍 끓어오르면

찬물을 살짝 부어 열기를 낮춘다!
그렇게 몇번를 반복한다

계란은 맨 마지막에
가운데 있는 노른자가 익기전
바로!

후룩!
챱챱

김밥, 열심히 말다 보면
좋은 일이 생길 거야
< 봉자 >, < 우리들 >

각설하고, 내가 가장 좋아하는 음식은 김밥이다. 지금은 분식집부터 고급 전문점까지 두루 포진한, 김에 밥을 올리고 갖은 재료를 넣어 둘둘 말아 썰어 먹는 그 김밥 말이다. 내가 김밥을 얼마나 좋아하냐면 뷔페 수준을 김밥 맛으로 가늠할 정도이다. 실제로 내가 경험한 최고의 뷔페들은 김밥 맛 또한 최고였다. 내가 가장 좋아한다고 말할 때의 김밥은 '학창 시절 소풍 갈 때 어머니가 싸 주시던 김밥'이다. 그러니까 내 기억 속의 김밥은 어머니가 싸 준 소풍날 김밥이고, 그것에 가장 가까운 맛을 내는 김밥은 호텔 뷔페에서 만날 수 있었다는 얘기다.

소풍날 김밥에 관한 기억을 더듬어 보면 내용물은 이랬다. 소시지와 달걀지단과 시금치와 덴뿌라(책망하지 마시라. 그때는 어묵이 아니라, 오뎅이 아니라, '덴뿌라'라고 말했다. 모두가)와 홍당무. 형편이 어려운 아이들은 단무지만 넣은 김밥을 싸 오기도 했다. 찬합 뚜껑을 열어 형형색색 가득 들어찬 김밥을 보는 순간 비로소 소풍 온 실감이 났다. 1970년대 초의 일이다. 세월이 흘러 김밥에 들어가는 재료도 다양해졌다. 그 시절 김밥의 내용물이 생활수준을 말해 주었다면 지금은 내용물과 무관하게 개성 넘치고 건강까지 고려한 김밥의 군웅할거 시대가 되었다. 가히 김밥의 민주화란 말을 붙일 만하다.

돌이켜보면 가부장 이데올로기와 모성애가 하나 되어야 조국 근대화를 이룰 수 있다고 믿었던 1970년대, 밥상에 오르는 음식은 가장인 아버지의 입맛과 취향이 우선 고려되었다. 어느 집이나 그랬고 우리 집도 다르지 않았다. 하지만 아버지의 법이 세상을 지배하던 그 시절에도 예외는 있었으니, 소풍 가는 날이었다. 어머니는 오직 나를 위한 밥을 만들었다. 다름 아닌 '김밥'이다. 이날만큼은 아버지도 어쩔 수 없었다. 아침은 물론 어떤 때는 저녁까지 온 가족이 김밥을 먹어야 했으니까. 어쩌면 김밥 싸서 소풍 가는 자식의 모습을 보고 싶어 우리네 부모는 그토록 모진 시간을 견뎠는지도 모른다(정말로 그 시절엔 누구나 오색 김밥을 싸 올 수는 없었다). 내가 김밥을 제일 좋아하게 된 건 나를 위해 만든, 오직 나만을 위한 음식이었기 때문이리라. 찬합 가득 채운 김밥을 단 한 개도 남긴 적이 없었다.

김밥에 살고 김밥에 죽는다

"썰어 먹는다고 박봉자 김밥이 이순자 김밥으로 변하냐?" "저요, 열심히 기다리고요, 선생님 말씀대로 열심히 김밥도 말겠습니다." "앞으로도 계속 김밥을 말 거예요." 이런 황당한 대사가 나오는 영화, 혹시 아시겠는가? 2000년 박철수 감독이 만든 〈봉자〉이다. 내용은 단순하기 그지없다. 김밥을 말아야 사는 여자가 있다. 김밥을 싸는 게 인생의 목적이고 삶의 낙이요 자신에게 떨어진 지상명령이라고 믿는 사람이다. 당연히 김밥집에서 일한다. 능숙한 솜씨로 김밥을 말고 싹둑싹둑 일정한 두께로 썰어 낸다. 여자의 이름은 박봉자.

어렵게 이야기하지 말자. 요컨대 〈봉자〉는 김밥에 살고 김밥에 죽는 여자 이야기다. 그래서 온통 김밥 타령이다. 영화의 시작도 봉자가 달걀지단을 부치고 시금치와 홍당무를 데쳐 김밥 재료를 준비하는 일상적인 모습이다. 독신녀 봉자는 김밥 말기와 정종 마시기가 유일한 낙이다. 바쁜 와중에 짬짬이 정종을 마신다. 당연히 안주도 김밥이다. 듬성듬성 썰어 놓은 김밥을 입으로 넣는다. 사이비 종교에 빠졌으나 교주의 죽음으로 좌절한 봉자 앞에 미지의 소녀가 등장한다. 뜻하지 않게 동거인이 된 두 사람은 서로를 보듬고 감싸면서 고정관념과 기득권에 대항하고 그것을 조롱한다. 한편으로 주변인의 욕망과 위선을 전시하면서 여성 연대까지 모색한다. 현실과 상상의 혼종이 B급 이미지로 다가오는 영화다.

이 영화만큼 김밥에 대한 애정을 바친 작품이 또 있을까. 심지어 김밥을 통째로 먹어야 맛있는지, 썰어 먹어야 맛있는지에 관한 싸움이 나올 정도다. 두 친구가 김밥을 먹다가 벌이는 논쟁이다. 입씨름이 싸움으로 번지고 급기야 폭력으로 비화될 때 온 동네 사람이 모여들더니 경찰까지 개입하는 지경에 이른다. 재판관이 된 곽 순경은 두 가지 방법으로 김밥을 먹고는, 이건 둘 다 봉자 씨가 싼 김밥 맛이 아니라고 푸념한다. 이게 문제가 아니라고, 봉자 씨가 김밥집을 그만뒀다는 곽 순경 전언. 청천벽력 같은 소식이다. 그렇다, 진짜 문제는 봉자가 만 김밥을 더이상 먹을 수 없다는 사실이다. 이 동네 사람들, 봉자가 싼 김밥이 아니면 안 된다. 근무 중 정종을 마시고, 집에 가서도 또 마시는 일상의 불성실함 때문에 김밥집에서 해고된 봉자이지만, 봉자가 만 김밥은 누구도 흉내 낼 수 없다. 왜? 봉자는 (본인 말대로) 김밥을 말기 위해 태어난 사람이니까. 곽 순경과 주민이 대놓고 봉자가 만 김밥만은 못하다고 푸념해 대는 것도 무리가 아닌 것이다. 봉자도 이에 질세라 김밥집 주인에게 내가 없으면 매상에 큰 지장이 생길 거라고 으름장 놓는다.

김밥 마는 여자 봉자의 무기가 칼과 도마인 건 당연지사. 일했던 김밥집에 찾아가 자기 돈으로 샀다며 칼과 도마를 들고 나오는 장면. 봉자의 귀환을 학수고대하며 김밥집 입구에 모인 동네 사람들을 뒤로한 채 한 손에 칼과 도마를, 다른 한 손엔 정종병을 들고 수시로 벌컥 들이키며 보무당당하게 걸음을 옮기는 숏은 얼마나 활력 넘치던가. "난 김밥을 말 거야. 열심히 말다 보면 분명히 좋은 생각이 날 거"라는 봉자의 결연한 의지는 노동 패러다임이 바뀌는 사회 변혁기를 상정하려는 의도마저 엿보인다(실제로 봉자는 집에서 두 차례 많은 양의 김밥을 만다). 이 영화가 21세기가 막 시작되었을 참에 등장했다는 사실을 기억한다면, 삐딱한 저항 정신으로 무장한 이 영화의 제목이 '봉자'가 아니라 '김밥'이라고 해도 이상할 게 없다. 봉자가 싼 김밥, 먹어보고 싶다.

우정의 매개가 되지 못해도 괜찮아

윤가은 감독의 빛나는 영화 〈우리들〉에도 김밥이 등장한다. 봉자가 목숨만큼 소중한 김밥을 말듯, 주인공 이선의 엄마도 김밥을 말아 분식집에서 판다. 〈봉자〉가 운명처럼 찾아온 숭배 대상으로서의 김밥을 그렸다면 〈우리들〉에서 김밥은 아이들 우정이 파열음을 일으키는 극적인 순간마다 등장한다. 전자의 김밥이 후경이라면, 후자는 신 스틸러이다.

그릇된 시각으로 규정지어진 고정관념들이 있다. 시골 사람은 순박하고 인정 넘치며 잇속 차릴 줄 모른다거나, 아이들은 순진하고 선하며 순수하다는 식의 오인된 정의들. 어른들이 아이들에게서 보고 싶은 것, 바라는 것들에 불과했을지도 모를 아이들에 대한 관념은 일찌감치 교정되어야 했다. 아이들의 세계는 어른들의 그것과 다르지 않고, 학교는 사회의 축소판이다. 심지어 어리다는 이유로 거듭하여 면죄부를 받는다. 할리우드는 오래전부터 아이들 내면에 존재하는 무지와 맹신과 잔혹성에 대해 경고해 왔다. 그럼에도 한국은 여전히 아이들에게 관대하다. "애들이 다 그렇지 뭐"라는 관용구로 넘어가기 일쑤다. 중·고등학교 폭력은 예의 주시하고 끊임없이 경계하면서도, 초등학교는 어린아이의 공간이라는 이유로 시선 바깥에 위치한다.

다시 고쳐 써 보자. 아이들은 무지하고 이기적이며 무능한 데다가 의존적이면서 심지어 잔인하다. 잔인하다는 표현이 불편할 수도 있겠지만, 내 생각은 분명하다. 아이들은 잔인하다. 잘 모르기 때문에 잔인함을 선택하는 거다. 더 영리하고 교활한 방법을 몰라서, 폭력에 대한 의미와 속성을 모르기에 순식간에 잔인함을 드러낼 수밖에 없다는 것이다.

정돈된 피부, 단정하게 빗어 넘긴 머리, 선하고 투명한 눈망울을 가진 소녀. 초등학교 4학년인 이선이다. 영화 〈우리들〉은 이선과 그의 단짝 지아와 학급의 중심인 보라 사이에서 벌어지는 친밀함과 소통의 관계망을 통해 그들이 사는 세상을 이야기하는 영화다. 〈우리들〉에 등장하는 아이들은 마냥 착하지도 지독하게 악하지도 않다. 상황에 따른 임기응변의 귀재이고 포기를 모르는 집념의 화신이다. 아이들은 오랜만에 찾아온 우정을 놓치기 싫어 도둑질도 서슴지 않는다. 엄마 돈에 손을 대고 친구의 아픈 과거를 폭로하는 것도, 더 나은 집단에 속하기 위해 아끼는 친구를 배신하는 것도, 나보다 공부 잘하는 친구를 질시한 끝에 집단 따돌림 하는 것도, 다름 아닌 아이들 몫이다. 은밀한 시간을 공유하던 아이들이 다른 포지션에 놓일 때 갈등은 최고조에 달한다. 영화의 리얼리티가 관람자의 사적 기억과 만나는 순간이다.

영화에서 이선과 지아의 갈등 구조를 매개하는 것이 김밥이다. 그러니까 형편이 어려운 이선이 지아에게 보여줄 최상의 선의는 엄마가 만들어 주는 김밥이다. 하지만 김밥은 음식이지 취향에 부응하는 도구가 아니다. 더운 날 기어이 오이김밥을 싸게 만든 친구의 마음도 아랑곳하지 않고 김밥을 외면하면서 둘의 관계는 금이 간다. 줄 수 있는 걸 다 주었는데 상대가 받지 않는다면 다음에 벌어질 일은 파국이다. 실제로 둘의 관계는 그렇게 흘러간다. 어른들의 중재와 노력은 상황을 호전시킬지언정 되돌리진 못한다. 속내를 보이지 않으면서도 적절한 관심과 우정을 흩뿌려야 하는 아이들의 세계를 보고 있노라면, 이것은 반드시 영화 속 이야기여야만 한다는 우격다짐이 생긴다. 그만큼 생생하고 현실적이며 치열하다. 현장학습 간 날 지아가 떨어뜨려(비록 고의가 아니었더라도) 흙바닥에 뒹구는 김밥은 오물을 뒤집어쓴 선의와 우정의 비극적 형상이다.

감독은 세상에 있지만 세상에 속하지 않은 아이들의 분투를, 화사하고 고운 빛깔로 그려 낸다. 질투와 시기와 모욕과 배신이 횡행하는 서사를 아이들은 각자의 방식으로 유영한다. 뻔뻔할 정도로 유쾌하게 말이다. 〈우리들〉은 연민이라는 단어가 어울리지 않는 영화이다. 남들 다 갖고 있는 핸드폰이 없는 이선을 내가 동정한다면, 당신이 왕따 전력과 부모의 이혼 사실을 숨겨야 하는 지아를 동정한다면, 그것은 이 영화를 모욕하는 것이다. 어쩌면 이선과 지아에게 보내는 연민은 우리의 무능력과 무고함을 증명하는 데 사용될 뿐일지도 모른다. 분명 그런 조건하에서만 사용될 것이다.

아이의 성장과 성숙은 동일선상에 놓이지 않는다. 나이에 비해 의젓하고 속 깊은 이선이 눈앞에서 무너지는 우정을 붙잡기 위해 안간힘을 쓰는 것도, 그것이 어린아이의 본능적 행위에 가깝게 묘사되는 까닭도 미성숙이라는 단어와 일맥상통한다. 그렇다고 아이들을 가련하게 여길 일은 아니다. 아이들은 꽤나 똑똑하고 영리하며 기민하다. 값싼 동정과 연민이 위험한 까닭이다.

바로 이 폐기물에서
아이들은 사물의 세계가 바로 자신들을 향해,
오로지 자신들을 위해서만 보여주는 얼굴을 알아본다.
– 발터 벤야민, 『일방통행로』

〈우리들〉이 놀라운 데뷔작인 이유는, 아이들이란 '기표의 물질성에 대한 단순한 몰두를 수행하는 존재'라는 특성을 간파했다는 점에 있다. 아이들은 어떤 상황과 물질 앞에서 의미를 개입시키지 않는다. 일단 눈에 보이는 것에 집중한다. 액면 그대로를 받아들이고 흥미를 보일 것인지 무관심할 것인지 고민할 뿐이다. 아이들과는 달리 성인이 사물에 몰두하고 모방하는 데서 즐거움을 찾지 못하는 이유는, 나이를 먹어 가면서 쌓게 되는 사물에 대한 쓸데없이 과도한 지식이 인간을 사물 자체로부터 격리시키기 때문이다. "이름 붙여진 것은 의미를 잃어버린 것"이라는 카뮈의 말은 그래서 참이다.

진지함과 유쾌함이 균형감 넘치게 묘사된 영화의 이미지들은 결이 고우면서 단호하다. 예쁘고 빛나는 풍경을 찾으려 애쓰지 않았고 가난을 가슴 아프게 묘사하지도 않았으며, 자본의 힘을 과도하게 사용하지도 않았다. 감독은 사실감 넘치는 화면 속에 숨길 것과 드러낼 것을 지혜롭게 구분 짓는다. 대체로 독립 장편이 취해 온 태도(극도로 비루한 삶 속에서 불편한 것을 드러낸 후 적절히 타협하는 작업 방식)와는 달리, 현실적 하류 계급의 삶을 고스란히 전달하려 했다는 것이다.

영화가 끝에 이르면 오프닝 시퀀스와 같은 상황의 반복이다. 놀이로 시작하여 놀이로 끝을 맺는 영화 〈우리들〉은 오염되지 않은 웃음을 보여주지만, 그것이 아이들의 밝은 미래라고는 얘기하지 않는다. 어쩌면 감독은 '성공하지 못한 성장담'에 대하여 얘기하고 싶었는지도 모르겠다. 견고한 사회구조 안에서 개인이 선택할 수 있는 삶의 종류는 그리 다양하지 않다. 함께 꿈꾸고 같이 걷는 것은 말처럼 쉽지 않다. 이선과 지아와 보라가 꼭 어느 한쪽과 친구가 되어야 할 필요는 없다. 굳이 결속시킬 이유가 없는 집단을 우정과 친교라는 이름 아래 억지로 묶어 두려 할 때 부작용이 생긴다. 그러지 말아야 한다. 그것이 실패로 끝나면 값싼 동정을 던지는 습속에서 벗어나야 한다. 아직은 미성숙 단계이지만 성장을 거듭하는 동안 아이들은 성숙해질 것이다. 감독은 그것을 잘 알고 있는 사람이다. 〈우리들〉은 아이들 눈에 비친 '우리'라는 친밀한 관계에 대한 사려 깊은 통찰이다.

시아버지 장례를 치르고 온 엄마는 새벽 알람에 일어나지 못한다. 엄마를 대신해 김밥을 말기 위해 식탁에 앉은 이선과 동생 준이. 평소에 동생을 괴롭히던 연호의 이야기로 시작되는 엔딩 시퀀스는 이 빛나는 영화에 화룡점정을 찍는다. 그러니까 "야, 너 바보야? 맞고도 같이 놀면 어떡해. 너도 같이 때렸어야지"라는 이선에게 던진 동생 준이의 대답, "그럼 언제 놀아? 연호가 때리고, 나도 때리고, 연호가 때리고… 나 그냥 놀고 싶은데! 그럼 언제 놀아?" 감독이 하고 싶은 말을 축약한 촌철살인의 명대사이자, 관계와 소통에 관한 가장 빛나는 지점이다.

동생 준이가 누나에게 던지는 영화의 마지막 대사는 이렇다. "누나, 언제 싸? 이거 누나가 다 쌀 거야?" 김밥 말이다.

(추신) 맛있다는 김밥 집을 두루 찾아다녔다. 온갖 김밥이 자본주의의 외피를 입고 고급화를 지향하는 시대이지만, 내가 원하는 김밥을 만나기란 여간 어려운 일이 아니었다. 그러던 중 내 입이 기억하는 김밥을 만난 건 거제와 대구에서였다.

거제의 작은 분식집에서 파는 꼬마김밥과 대구 범어동에서 만난 김밥은 나를 40~50년 전으로 데려갔다. 학창 시절 당구장에서 먹은 꼬마김밥과 유년 시절 소풍날 먹은 김밥이었다. 주목할 건 소시지를 넣었다는 사실이다. 언제부턴가 소시지는 햄으로 대체되었고 때론 그 자리를 맛살과 불고기와 다른 재료가 차지했다. 어느 날 흔적도 없이 사라진 소시지 넣은 김밥을 대구에서 만난 것이다. 놀랍고 감격스런 순간이었다. 오랫동안 내가 찾던 김밥이었다. 평범한 재료, 단순한 외모, 그러나 한 시절을 소환하는 맛. 70년대의 기억이 훅 하고 올라왔다.

내 영혼의 팥죽 한 그릇
< 광해, 왕이 된 남자 >

·
·
·

곧 동지다. 팥죽을 싫어했기 때문에 동지는 내게 특별한 날이 아니었다. 세월 좋게 팥을 불리고 갈아 죽 쒀 먹을 여유가 없는 시절에, 자식이 팥을 싫어하니(어머니는 내심 내게 고마워했을 게 분명하다) 동짓날에도 팥죽을 먹은 기억은 없다.

1624년, 인조는 이괄의 난을 피해 남쪽으로 내려간다. 지금의 양재역에 이르러 배고픔과 갈증이 극에 달했다. 마침 이곳에 있던 유생 김 씨 등 6~7인이 황급히 팥죽을 쒀어 바치자 인조는 말 위에서 그 죽을 마시고 급히 과천을 거쳐 공주로 향한다. 이때부터 '임금이 말 위에서 죽을 마셨다'는 뜻으로 말죽거리라 부르게 되었다고 전해진다. 또 역마에 말죽을 먹이던 곳이었으므로 말죽거리라 부르게 되었다고도 한다. 팥죽을 왕의 음식이라 할 순 없어도 팥죽이 궁궐과 밀접한 음식이라는 건 분명하다. 그러지 않고서야 임금께 다른 것 제쳐 두고 팥죽을 쒀어 바쳤을라고.

추창민 감독의 〈광해, 왕이 된 남자〉(이하 〈광해〉)에서 결정적 순간을 장식하는 건 팥죽이다. 영화는 광해를 대신해 왕이 된 광대 하선이 백성을 헤아리는 15일간의 행적을 그리는 동안, 의심과 경계를 내려놓고 대접한 팥죽 한 그릇이 어떻게 천한 광대를 군주로 바꿔 놓는지를 순차적으로 보여준다. 기미나인 사월이의 사정을 헤아리고, 중전을 위로하고, 우직한 도부장의 의심을 충성의 맹약으로 치환시키는 매개도 모두 팥죽이었다. 팥죽 한 그릇에서 시작된 하선의 보살핌은 어떤 이에겐 맛난 한 끼가 되고, 누구에겐 지아비의 온정이 되며, 또 누구에겐 목숨으로 갚아야 할 망극한 성은이 된다.

『영조실록』엔 "왕의 식사는 하루 다섯 번이다"라고 적혀 있다. 문헌에 따르면 수라상은 두 번이고 나머지는 간식이다. 영화에서 팥죽 먹는 장면이 자주 나오는 것은 그 때문이다. 왕이 항상 진수성찬을 먹지는 않았다. 백성의 아픔을 감안해 반찬의 가짓수를 줄이거나(감선), 고기 반찬을 치우기도(철선) 했다. 임금이 되어 첫 번째 수라가 들어왔을 때 하선은 게걸스레 음식을 비운다. 그도 그럴 것이, 기방에서 만담과 음담패설로 눙치며 살던 광대가 하루아침에 임금의 산해진미 수라를 받으니 그다음은 불을 보듯 빤한 일. 임금의 밥상이 예사 음식이던가.

배불리 먹어 수라상을 말끔히 비웠으나, 왕이 남긴 음식이 수라간 나인의 식사임을 알게 된 이후로 하선은 팥죽만 먹고는 상을 물린다. 아랫사람 사정을 헤아리고 살피는 덕행은 당연한 일일진대, 아랫사람의 마음을 얻을수록 하선 스스로 임금인 양 착각에 빠지고 그를 향한 의심의 눈초리 또한 깊어 간다. 권력에 기초한 모든 행위는 양날의 검임을 영화가 드러내는 것. '진짜'는 독살과 역모의 위협 속에 색을 탐하다 중독되어 은신 중인 데 반해, '가짜'가 임금이 펼쳐야 할 덕치로 백성을 보살핀다는 캐릭터의 대조가 빚는 아이러니, 〈광해〉를 끌고 가는 진짜 힘이다. 그리하여 우리가 만나는 광해의 진면목, '미완으로 사라진 성군의 영혼'이 그것이다.

동지는 해의 길이가 가장 짧은 날이다. 동지를 기점으로 해가 길어진다는 뜻이다. 양기陽氣가 시작되는 날이라고도 할 수 있다. 즉 동지는 음기로부터 양기가 재생하는 부활의 의미도 지닌다. 그런 점에서 〈광해〉에서 등장한 팥죽은 탁월한 선택이었다. 고려 말의 대학자 이색은 "나라 풍속 동지에 팥죽을 짙게 쑤어 먹으니 삿된 기운을 씻어내 뱃속이 든든하다"고 노래했다. 하선의 팥죽이 남긴 효과가 꼭 그랬다. 차림새가 단출하여 운반과 이동이 수월하고 임금이 신하에게 내리기에 과함이 없으면서 알차기로 팥죽만 한 음식은 없을 터.

수라간 나인을 위해 음식을 남기면서 하선은 비로소 광해를 대신할 자격을 얻는다. 수라간에 웃음꽃이 피고 돌 같은 상선 얼굴에 화색이 도는 것은 인지상정인즉, 독을 머금은 사월이가 목숨을 내놓은 것도, 절체절명의 순간 자객으로부터 하선을 구한 도부장의 충절도 팥죽에서 시작되었다. 죽음과 삶이 바뀌는 장면이다. 정성과 진심이 담긴 음식은 사람을 구하고 마침내 나를 구한다.

높고 화려한 자리에서 받는 낮고 평범한 음식에 담긴 뜻을 하선은 꿰고 있었던 걸까. 영화에서 가장 인상적인 시퀀스(오직 이 한 장면을 위해 배우 김인권을 캐스팅했는지도 모른다). 하선은 자신에게 칼을 겨눈 도부장에게 팥죽 한 그릇을 보내곤, 이내 묻는다.

"팥죽 맛이 어떻더냐?"
"달고 맛났사옵니다."
"그래, 살아 있어야 팥죽도 맛난 거다.
이 칼은 날 위해서만 뽑는 것이다. 꼭 기억해 두거라."

어릴 적 먹었던 마지막 팥죽은 무지막지하게 단 팥죽이었다. 내 기억 속에 팥죽과 단팥죽이 동의어로 놓인 건 이때부터다. 대구에 내려와 팥죽을 제대로 만드는 식당을 만나면서 팥죽과 단팥죽은 다르다는 사실을 알게 되었다. 그곳의 팥죽은 달지 않았다. 고소하면서 짙은 팥 향기에 흠뻑 취해 팥죽 한 그릇을 단숨에 비웠다. 팥죽과의 오랜 악연을 끊자 이전까지 거들떠보지도 않던 음식이 보이기 시작했다. 내게 팥죽은 음식에서 생겨난 편견의 상징이었다. 그날 나는 팥죽 그릇의 바닥이 보이도록 싹싹 긁어 먹었다. 음식은 먹고 사라져도 행복한 마음은 계속 남는 법. 〈광해〉의 사월이와 도부장이 그랬듯이, 나도 그랬다.

육개장, 머리를 조아리게 만드는 맛
< 식객 >

추석이면 내 어머니는 언제나 탕국을 끓였다. 나머지는 여느 집 같은 상차림이었다. 산적과 송편과 잡채와 갖은 나물이 상 위에 올랐다. 제사음식을 차린 건 아니다. 기독교 집안이었으니까. 넘치는 명절 음식 가운데에서도 유독 맛있게 먹은 건 탕국, 즉 육개장이었다. 어머니의 음식을 먹고 자란 내게 생소한 음식은 아니었지만 한 번도 유래와 근본은 듣지 못했다. 알려고도 하지 않았다.

2007년 10월, 허영만 화백의 인기 만화를 영화로 만든 〈식객〉의 언론 시사회가 열렸다. 음식을 매개로, 욕망과 배신이 위트와 감동의 영역과 버무려지는 작품이다. 많은 사람 입에 오르내린 "세상의 모든 맛있는 음식은 이 세상 모든 어머니의 숫자와 동일하다"는 명대사가 나오는 바로 그 영화다. 음식 보는 재미로 치자면 이보다 더 좋은 영화가 부지기수겠으나 한국 음식, 게다가 내가 좋아하는 육개장이 나왔다는 점에서 마지막까지 자리를 지킨 보람을 느꼈다. 영화는 조선의 마지막 대령숙수칼의 주인을 찾기 위한 요리 경연을 그린다. 왕위 쟁탈전 같은

음모와 가족에 대한 뒷이야기가 물리며 진행되는 영화의 백미
는 당연히 최종 결선이다.

조선 마지막 임금 순종은 나라 잃은 설움에 곡기를 끊는
다. 그러나 대령숙수가 바친 소고기탕을 비우면서 눈물을 흘린
다. 대령숙수가 임금께 올린 건 단순한 소고기탕이 아닌 망국
에도 영원히 끝나지 않을 조선의 정신이었다. 묵묵히 밭을 가
는 소는 조선의 민초를 상징하고, 고추기름의 맵고 강한 맛에
서 기세가 느껴지며, 병충해를 이겨 내는 토란대는 외세에 굴
복하지 않는 강인함을 보여주고, 고사리엔 들풀 같은 생명력이
담겨 있다.

숭엄한 재료 미학과 민족혼을 담음으로써 임금을 울린
최고의 음식, 그것의 이름은 '육개장'이다. 112분 러닝타임 중
106분 동안 산해진미로 수놓던 영화가 엔딩에 가서야 마침내
진짜 주인공을 선보인 것이다. 그림과 텍스트로만 상상하던
장면의 실사 재현. 영화가 다른 예술 장르를 추월하여 대중문
화의 총아가 된 까닭이 여기에 있다. 명절이면 어김없이 상에
오르던 어머니의 육개장이 조선의 정기와 민초의 기개를 담아
임금에게 올린 음식이었다니. 역사적 고증과 허구 사이를 종
횡하는 이야기이지만 심금을 울리고 마음을 분기시키기 충분
하다.

최남선이 쓴 『조선상식문답』을 보면 "지방마다 유명한 음

식은 어디 무엇입니까?"라는 질문에 "대구는 육개장"이라고 씌어 있다. 육개장은 서울식과 대구식으로 나뉜다. 원조인 대구가 무와 대파를 넣는 데 반해, 서울식은 양지를 잘게 찢고 토란대와 고사리를 쓴다는 차이가 있다. 그 때문인지 혹자는 〈식객〉의 육개장은 서울식이라고 주장한다. 여기에 맞서 육개장은 대구식이 원조이니 '대구탕'으로 불러야 한다는 주장도 있다. 대구 토박이 다수는 육개장을 '대구탕'으로 기억하고 있다. 기억해 보면 내 어머니가 끓인 육개장은 무와 대파를 큼지막하게 썰어 파 향이 그득했다. 영락없는 대구식이다. 서울식 육개장도 나름의 맛이 있다. 학문의 경계마저 사라진 융합과 통섭의 시대에 서울식이면 어떻고, 대구식이면 어떨라고.

영화에서 흥미로운 건 육개장을 받은 심사위원들, 즉 음식 전문가들 태도였다. 그들은 육개장을 "시골 장터에서나 파는 싸구려 음식"으로 폄하한다. 평생 궁에서 진미만 먹고 산 임금이 이런 서민 음식을 받았을 리 없다는 주장이다. 이에 감독은 대령숙수 칼을 돌려주러 온 일본인의 입을 빌려 곡기를 끊은 왕의 배와 마음을 에운 건 "육개장"이라는 답변을 내놓는다. 재료 각각에 담긴 의미에는 관심 없고 모든 걸 외형으로만 판단하는 세태를 거론한 것이다.

우리 음식을 얕잡아 보며 역사적 가치마저 외국인을 통해 들어야 했던 영화 속 환경은, 육개장의 원조이면서도 기억과 추억에 의존해 명맥을 유지하는 대구식 육개장 식당들과 닮았다. 안타깝게도 육개장의 시작은 대구이지만 원조의 의미를 상실한 지 오래다. 심지어 육개장 프랜차이즈조차 타 지역에서 만들어졌다. '육대장'은 서울 마포에서, '홍익궁중전통육개장'은 인천에서, 또 '이화수육개장'은 서울 강남에서 첫 문을 열었다는 점은 시사적이다.

대구 동산병원 근처 오래된 골목에 들어서면 소박한 간판 하나가 보인다. 유명한 육개장 전문 식당이다. 70년 된 노포이고, 몇 안 남은 진짜 대구식 육개장집이다. 큼지막한 사태고기와 대파와 무를 아낌없이 넣는 것이 어머니의 육개장을 꼭 닮았다. 1970년대에 유행했다가 이제는 사라진 타일 붙인 부뚜막이 건재하고, 연탄 때던 부엌에 가스가 들어온 것 말고는 변한 게 없으니 그 역사와 고집이 찬란하다.

〈식객〉에서 순종 임금이 먹었던 맛과 같은 육개장을 만드는 데 결정적 역할을 한 재료는 최고 품질의 소고기이다. 주인공 성찬이 집에서 기르던 소에서 얻은 것이었다. 운암정에서 쫓겨나 서럽고 상처받은 마음에 정붙일 요량으로 키운 송아지. 긴 시간을 동고동락한 동생 같은 녀석이었다. 목숨 같은 내 전부를 내어 주고 얻은 재료로 성찬은 최고의 육개장을 끓여 냈고 대령숙수의 칼을 받는다.

명절이면 전날부터 새벽녘까지 고기와 채소를 삶고 데치

면서도 고단한 줄 모르던 어머니의 모습이 선하다. 음식은 정성이고 기다림이라는 말은 그래서 참이다. 내 어머니의 대구식 육개장도 머리를 조아리게 만드는 맛이었다.

뚝배기에 담은 세월, 세상의 모든 국밥
< 변호인 >, < 우아한 세계 >, < 열혈남아 >

.

.

.

어린 송아지 고기가 아주 연하고 좋다며 동생들을 앉혀 놓고 그룹 이사회를 장악할 궁리를 하던 이중구를 체포하러 들이닥친 강 과장의 일갈.

> "니들은 아침부터 이런 게 목구멍으로 넘어가냐?
> 니들에게 어울리는 걸 처먹어."

직전 시퀀스도 살펴보자. 팔다리가 진즉에 잘린 원로들이 가끔 차나 마시러 장 이사 집에 들락거린다는 보고를 받았을 때 이중구 또한 이렇게 혀를 찬다. "어울리지 않게 차를 마셔?" 그렇다. 조폭에게 차를 마시고 스테이크를 써는 일은 어울리지 않는다. 고 박훈정 감독의 〈신세계〉는, 그리고 한국영화는 일찌감치 그렇게 규정지었다. 연차가 붙어 '형님' 소리를 들을 정도가 되었을 때, 종종 삼겹살집에 앉아 후배를 병풍으로 세워 놓을지언정 스테이크는 조폭과 거리가 먼 풍경이었다. 외려 조폭과 익숙한 건 허름한 국밥집이었다. 경찰과 검사와 조폭이

한 축을 이루는 범죄영화에서 국밥이 빈번하게 등장하는 건 이상한 일이 아니었다.

국밥의 시작은 조선 중기 무렵, 지역 장터에서 고깃국에 밥을 말아 내면서 시작되었다. 땅이 비옥한 호남은 예로부터 콩나물국밥이 유명했고, 농경이 발달한 충청도에선 소고기국밥이 주를 이뤘으며, 다양한 사람과 다채로운 재료가 모이던 수도권에는 순댓국밥이 사람들의 속을 채웠다. 즉 지역 장터를 중심으로 발달한 음식이 국밥이었다. 그러니 한국영화에서 사람 냄새 나는 정서를 포착하기에 국밥집과 김이 모락모락 나는 국밥만 한 미장센이 또 있을라고.

국밥, 그중에서도 부산하면 떠오르는 대표 음식의 으뜸은 '돼지국밥'이다. 오죽하면 2012년 혼성 힙합그룹 클로버(은지원, 타이푼, 길미)는 돼지국밥 먹으러 부산으로 떠나자는 노래를 발표했을까.

나 오늘밤 고백할게, 너와 함께 돼지국밥을 먹고 싶다.
부산으로 떠나자. 손만 잡고 잘 거다. 딴 생각은 말아라.
부산에 가고 싶다. 바다가 날 부른다.
국밥에 후추, 부추, 고춧가루. 이모 부추 많이 쫌.
부산에 가고 싶다. 국밥이 날 부른다.

— 클로버, 〈돼지국밥〉

고단한 시절을 버틴 한 그릇의 부산 '돼지국밥'

한겨울, 찬 공기를 가르며 하얀 김이 뿜어져 나온다. 한 솥 가득 끓여진 뽀얀 국물과 두툼한 돼지고기는 겨울철 식감을 자극하기 충분하다. 뚝배기에 밥을 담고 돼지고기도 넉넉히 올린다. 그리고 국물을 부었다 따랐다 반복하는 토렴으로 그릇과 음식을 뜨끈하게 데운다. 얼큰한 양념과 채소를 얹으면 돼지국밥이 완성된다. 하지만 사람들은 국밥을 받고 나서 진짜 양념을 시작한다. 국밥 먹는 방법이 정해져 있을 리 없건만 약속이나 한 듯 부추김치를 가득 얹고 새우젓을 한 숟가락 넣어 간을 맞춘다. 뽀얀 국물에 양념이 풀어져 벌겋게 국밥 색깔이 바뀌는데, 이때가 국밥이 제맛을 내는 순간이다.

당연한 얘기지만 돼지국밥엔 부추김치를 듬뿍 넣어야 제격이다. 맞다! '정구지'라고 불러야 더 맛있게 들린다. 양우석 감독의 〈변호인〉에서 세무 변호사 송우석과 사무장은 돼지국밥을 점심으로 먹는다. 매일 먹는 돼지국밥에 물린 사무장에게 "정구지를 많이 넣으라"고 권하는 송 변호사. 사무실도 꾸미고 여직원도 채용해서 일해 보자는 사무장 의견에 동의하면서도 밥은 그대로 이거 먹자고 우기는 송우석에게 돼지국밥은 은혜로운 음식이다. 그러니까 세무 변호사로 시작해 국가보안법 사건을 맡아 인권 변호사로 거듭나는 동안 한 남자의 인생을 묵직하게 복기하는 〈변호인〉에서, 그의 인생 전환기마다 등장하며 매개가 되는 음식이 돼지국밥이다.

〈변호인〉에는 돼지국밥 먹는 장면이 다섯 차례 등장한다. 시작은 일용노동자가 된 송우석이 첫아들 출산일에 밀린 외상값을 갚지 않은 채 국밥집에서 도망친 후 절치부심하는 시퀀스이고, 자신의 노동으로 지어진 아파트로 이사한 날 온 가족이 찾은 국밥집에서 7년 전 떼먹은 국밥값을 지불하는 시퀀스가 두 번째이다. 세무 변호사 사무실을 개업한 후 매일 돼지국밥을 먹은 건, 묵은 빚은 몸과 발로 갚으라던 국밥집 아주머니 말에 따른 것일 터.

네 번째 돼지국밥이 등장하는 신은 영화에서 변곡점이 된다. 부동산 등기 수임으로 승승장구하며 자본주의 맛에 취한 송우석의 눈을 뜨게 하는 사건. 즉 고교 동기들과 찾은 국밥집에서 TV 뉴스를 둘러싼 논쟁과 몸싸움이 벌어지고 국밥집 아들에게까지 훈계를 당한 송 변호사는 돈으로 해결하려다가 국밥집에서 쫓겨난다. 말하자면 도망치고 환대받았다가 쫓겨나기까지 송우석이 가는 길마다 함께한 음식이 돼지국밥이었다. 국보법 사건의 결정적 증인인 윤 중위의 증언이 실패로 돌아간 후 실의에 빠져 찾은 국밥집에서, 최선을 다한 송우석 앞에 돼지국밥 한 그릇이 놓인다. 아들을 위해 최선을 다한 변호사에게 엄마가 전하는 위로와 감사의 마음이다.

생선회나 해물탕처럼 지역 환경에 따라 유명해진 음식도

있지만, 역사의 흐름 속에서 서민 입맛에 맞게 발달하여 대표
음식으로 자리 잡은 것. 그중 하나가 부산의 돼지국밥이다. 돼
지국밥의 시초는 밀양으로 알려져 있다. 그러나 한국전쟁 기간
팔도의 사람과 음식이 모여든 부산에서 간편하고 든든하고 빠
르게 먹을 수 있는 부산식 돼지국밥이 만들어졌고 전쟁이 끝
나고도 서민의 한 끼를 책임지면서 오늘에 이르렀다. 그러니까,
거친 일을 하느라 든든하게 먹어야 하는 부두 노동자를 중심
으로, 빠르게 먹고 이동해야 하는 터미널을 중심으로, 한 끼 식
사를 간편하게 해결해야 하는 시장을 중심으로 만들어진 지역
음식. 부산의 정서를 고스란히 담은 '한 그릇의 부산'이 돼지국
밥이다.

조폭 같은 가족 대신 가족 같은 조폭과 먹는 '순댓국밥'

여느 가장과 다름없이 일하고 돈을 벌어 가족을 부양하
며 소박한 꿈을 갖고 살아가는 생활형 조폭과 그를 둘러싼 가
족의 이야기를 건조하게 그린 영화, 한재림 감독의 〈우아한 세
계〉는 교통체증으로 막힌 도로 위에서 잠에 빠져들 정도로 피
곤한 사내의 이야기로 시작한다. 건설 도급 공사를 중간에서
갈취함으로써 라이벌 조직의 중간 보스이자 고향 친구인 현수
에게 물을 먹이고, 조직 내 입지도 더욱 굳혀 가는 강인구의 유
일한 소망은, 물이 콸콸 쏟아지는 전원주택으로 이사해 가족

과 행복하게 사는 것. 하지만 조폭에게 가족이 언제부터 그리 친근한 대상이었던가. 이제부터 영화는 우리 모두 조폭의 삶을 살고 있다고 선언하는 한편, 지친 가장의 어깨 너머로 보이는 쓸쓸한 풍경을 보여줌으로써 이 땅에서 가장으로 살아간다는 것의 서글픔과 섬뜩한 가족관계에 대하여 되짚어 보게 만든다.

요컨대 〈우아한 세계〉는 조폭인 가장에 관한, 조폭보다 무서운 집단에 대한, 그리고 조폭이 품어서는 안 될 헛된 희망을 이야기하는 영화다. 이 점은 대단히 중요한데, 이전 조폭 영화에서는 제도적으로 견고함을 다져 온 집단이 악역을 담당했다면, 〈우아한 세계〉에서는 가족을 직접적으로 거론하고 있기 때문이다.

자신들 욕망은 한 치도 양보하지 않은 채, 먹기 좋은 떡만 냉큼 받아먹고는 뒤돌아서 더럽다고 욕하는 것이 영화 속 강인구의 가족이다. 정말로 손을 씻겠노라고 다짐했던 강인구가 다시 친구 조직에 들어가기로 결심을 굳힌 이유도 가족 때문이다. 결국에 돈은 아비에게서 나옴에도 불구하고, (그 돈의 출처를 빤히 알면서도) 그 돈을 받아서 쓰는 이들이 돈의 성격을 따져 물으며 아비를 사지로 내모는 이 더럽고 추한 세상을 한재림 감독은 '우아한 세계'라고 명명한다.

조폭인 아버지도 자식의 욕망에 부합하지 못하면 딸의 일기장에서일망정 죽어 사라져야 하는 세상이다. 하물며 진실로 평범한 가장임에랴. 그나마 고향 친구 현수가 그의 애환을 알아주고 끝까지 뒤를 봐주는 동반자로 보일 정도다. 만나기만 하면 으르렁대는 사이지만 정작 행동은 무료한 중년 남자의 장난처럼 보인다. 마치 족보 없고 시대에 뒤떨어져 오키나와로 밀려가 바닷가에서 시시껄렁한 모래 장난이나 하는 기타노 다케시 영화 속의 야쿠자처럼 말이다. 그런 두 사람이 회동하는 장소가 고향 아줌마의 국밥집, 순댓국밥 전문점이다.

라이벌 조직의 중간 보스를 맡은 강인구와 현수는 순댓국밥집에서 만나 사업을 두고 티격태격한다. 짝사랑에 관한 추억담이 피어오르는 장소도, 돌이킬 수 없는 상황이 벌어졌을 때 둘이 만나 담판 짓는 장소도 국밥집이다. 두 남자에게 국밥집은 고향이고 추억이며 동심 어린 시간이 멈춘 공간이다. 국밥 앞에선 알량한 자존심도, 구역 싸움과 이권 다툼도, 피비린내 진동하는 건달의 세계도 없다. "아침부터 한 그릇하니까 좋다"는 포만감과 안온함이 있을 따름이다.

〈우아한 세계〉는, 형님은 배반할지언정 가족은 배반할 수 없다는 준엄한 현실을 등에 업고, 새로운 사람이 되면 다시 가족과 함께할 수 있다는 희망에 부푼 서툰 사내의 쓸쓸한 뒷모습이 머리에서 떠나질 않는 영화다. 뒤늦게, 텅 빈 집에서 라면을 뒤엎고 제아무리 몸부림쳐봐야 어쩔 수 없다. 세상이 그렇다면 그런 것이니까. 그러니, 이역만리에서 그림 같은 집을 짓고 잔디에 물이나 주면서 하루를 소일하는 강인구의 가족들이야 세상이 우아할 수밖에. 어찌 이 세계가 우아하지 않을 수 있단 말인가. 세라비C'est la vie!

보고 싶고, 불쌍하고, 서러워서 울던 어머니의 '따로국밥'

벼랑 끝에 몰린 한 남자가 자신의 인생을 구원해 줄 누군 가를 기다리다 끝내 몰락하고 마는 비루하고 처연한 영화, 이 정범 감독의 〈열혈남아〉는 어머니의 힘으로 가득하다. 삼류 건 달 재문은 대식을 죽이기 위해 벌교로 내려간다. 잘 모르는 동 생 치국이 동행한다. 후환을 막기 위해 조직에서 고용한 또 다 른 킬러다. 그러니까 재문이 대식을 제거함과 동시에 치국은 재 문을 죽이는 임무. 이처럼 복수와 배신이 똬리를 튼 전형적인 조폭 영화이지만, 서사의 큰 줄기가 기댄 건 모성이다.

벌교에 도착하자마자 재문은 대식의 어머니가 운영하는 삼거리 국밥집을 염탐한다. 허름한 따로국밥 전문점이다. 말이 전문점이지 시장 사람과 막노동하는 이들이 주로 드나드는, 허 름하다 못해 오래되고 추레한 공간이다. 그곳에는 오랜 시간 끓 여온 국밥이 있다. 모든 오래된 것들 가운데서도 가장 오래된 사람, 어머니가 있다. 하필 내가 죽여야 하는 놈의 어머니다.

벼랑 끝에 몰린 남자 재문은 어머니에 대한 그리움과 친 구의 죽음이라는 필생의 업을 안고 살아가는 자이다. 그런 그가 대식을 죽이려고 벌교에 내려간 후 어머니에게 흡수되어 자신을 없앰으로써 어머니를 얻게 된다는 설정은, 살아서는 이룰 수 없고 죽음과 맞바꿈으로써 가능한 가족 서사를 보여준다. 다시 말해서 어머니의 국밥을 먹은 후 혼란스러워하면서 희망을 품어 보지만 내러티브상 그는 죽어야 하는 인물이다. 이미 앞에 뿌려 놓은 죄악의 씨가 있고 그것을 하나씩 거두는 식의 모방 서사 과정을 통해 그는 필멸할 수밖에 없다는 것이다. 이런 참혹한 서사와 을씨년스런 공간에 냉혹한 해결사 둘을 내동댕이쳐 놓고는 죽음과 삶을 저울질하는 영화에, 유일하게 온기를 뿜어내는 건 대식의 어머니 김점심 여사가 끓이는 국밥이다.

이정범 감독은 국밥집을 세밀하게 디자인한다. 정확히는 국밥집 로케이션에 공을 들였다. 주요 공간인 홀에는 낡은 나무 의자가 놓여 있고 육수 끓는 주방이 고작인 평범한 모습이지만, 다른 장소가 있다. 가게 뒷문으로 나가면 논밭이 고작인 황량한 풍경이 펼쳐지고 마당엔 시래기와 고추가 널려 있으며, 긴 줄에 묶인 누렁이가 뒷마당을 지킨다. 으레 창고가 몇 칸 있고 오래된 물건도 보관되어 있다. 평범하기 짝이 없는 시골집 모습이다. 달리 보면 앞뒤 옆에 집이 없어 뒷문으로 도망치더라도 시야에 잡히는 지형이다. 애초에 비밀이라곤 생겨 먹기 힘든 좁은 동네에 덩그러니 자리한 국밥집에서 두 남자가 밥을 먹는다. 재문과 치국이 국밥을 처음 먹는 장면에선 이미 먹어 식어

버린 국밥의 모습이지만, 혼자 나타난 재문 앞에 내온 국밥엔 뜨거운 김이 피어오른다. 맛깔난 열무김치도 놓였다. 영화 마지막에 가면 어머니 앞에서 고꾸라진 채 흘리는 뜨거운 피눈물이 국밥을 대신할 것이다.

조폭이 중심인 영화일지언정 가장 슬프고 처연한 순간이 펼쳐지는 장소는 언제나 가족과 어머니의 공간이다. 상대를 칼로 찌르다가 상처 입고, 다시 치국에게 칼을 맞은 재문이 안간힘으로 찾아온 곳 또한 국밥집이다. 국밥을 가져왔을 때 탁자에 엎어져 죽어가는 재문. 채 감지 못한 눈에 눈물이 그렁하다.

"우리 아들놈이 이런 거 아니지? 언능 일어나 말해 봐라. 이 썩을 놈아. (중략) 느그 어무니 기다리는데 여기서 자빠져 있으면 어쩔 것이여. 이 못된 놈아! 뭐가, 뭐가 그리 서러웠냐? 뭐가 그리 서러워 울고 자빠졌냐?"

희미해진 삶이 몸을 무너뜨릴 때, 그는 아마도 대식이 어머니가 사 준 꽃무늬 남방을 떠올렸을 것이다. 그래서 부질없는 희망에 체념하고 달관하다가 자기 분을 못 이기는 장면. 즉 순천시장에서 사 준 꽃무늬 남방을 입어 보다 팽개치고는 너무 늦게 찾아온 희망에 대해 분통 터뜨리던 시퀀스는 마음을 헤집는다. 끝내 희망을 부여잡고 싶었던 사내의 머쓱한 질문이 귓가에 맴돈다.

> "나, 그 남방 잘 어울려?"
> "그려! 인상 드럽다고 어두운 것만 입으면
> 성깔도 어두워지는 것이여. 가끔 어지러운 것도 입어 줘야
> 화색이 돌고 그러지."

영화의 마지막, 마치 재문의 영혼이 춤추는 것처럼 보이는 꽃무늬 남방의 흩날림 너머로 피 끓는 사내의 짧은 인생이 그렇게 저물어 간다. 그리고 스크린 위 어디선가 어머니를 만나 웃고 있을 그의 모습이 오버랩되는 듯하다. 혹은 먼저 간 친구와 나란히 한 형상이거나… 〈열혈남아〉 최고의 장면이다. 추레한 땅에 발 디딘 남루한 삶이 서러울지라도 화사한 꽃무늬 만장輓章이 네 눈물 닦아줄 것이니, 넘치도록 애끓는 이름, 어머니. 그리고 어머니가 내주신 따뜻한 국밥.

만한전석 부럽지 않은 샌드위치
< 라스트 레시피 >

·
·
·

1980년대 '경양식집'이 있었다. 글자 그대로 가벼운 양식을 파는 곳. 돈가스, 비프가스, 생선가스, 함박스테이크가 주 메뉴였다. 미팅과 데이트처럼 특별하고 중요한 날이면 큰맘 먹고 용돈 털어 가며 경양식집을 찾았다. 그 시절과는 달리 이젠 비프가스 파는 곳을 찾기 힘들다.

비프가스는 일본에서 시작된 음식이다. 소고기에 반죽 옷을 입혀 튀겨 낸다. 때문인지 일본영화 속 식탁에 자주 등장한다. 비프가스 샌드위치가 있다는 사실을 안 것도 타키타 요지로 감독의 〈라스트 레시피〉를 통해서였다. 비프가스를 넣은 샌드위치라니! 먹고 싶었으나 먹을 방법이 묘연했다. 일본 사람들 취향이 독특하다 여기면서도 호기심 발동하여 비프가스 샌드위치 파는 곳을 찾아다녔다. 제대로 만드는 곳은 고사하고 파는 곳조차 드물었다.

돈가스 샌드위치를 먹어 보면 유사한 맛을 느낄 수 있을 거라는 상상에 이르렀다. 이곳저곳 수소문 끝에 돈가스 샌드위치 파는 가게를 찾아 나섰다. 대구 수성구 범어동 모 호텔 골목에 위치한 작은 카페다. 정갈한 상차림과 청결한 이미지가 일본 그 자체다. 가게의 외모만큼은 무엇 하나 흠잡을 데가 없었다. 돈가스 샌드위치? 물론 먹었다. 고기 선택부터 전 과정은 주인의 손을 거친다. 일본 현지에서 먹었던 기억을 되살리는 주인은 주문과 동시에 조리를 시작한다. 솜씨가 보통이 아님은 말해야 무엇하랴. 끝내주는 맛이었다.

〈라스트 레시피〉는 휴먼 드라마와 추적극 형식을 모두 차용한다. 일본 최고 아이돌 그룹 '아라시' 출신의 니노미야 카츠나리를 필두로, 니시지마 히데토시와 미야자키 아오이와 아야노 고에 이르기까지 연기파 배우로 라인업을 꾸몄다. 〈굿, 바이〉로 아카데미 외국어영화상을 거머쥔 감독이 연출을 맡아 맛과 진중함을 두루 갖춘 요리의 세계로 인도한다.

한 번 먹어 본 음식 맛은, 절대 잊어버리지 않을 정도로 절대미각을 가진 청년이 있다. 임종을 앞둔 이가 죽기 전에 먹고 싶은 '마지막 요리'를 만드는 것이 그의 일이다. 한때는 잘나가는 요리사였다. 자기 가게를 내고 단골도 많아 북적거렸으나 절대미각과 과도한 자부심이 모든 걸 망쳤다. 손님은 떨어지고 동료도 하나둘 떠나갔다. 영업을 접고 빚을 갚기 위해 돈을 주면 어디라도 가서 마지막 요리를 한다. 영화의 시작도 오므라이스를 만드는 장면이다. 고급 병실에 입장하는 요리사와 커다란 여행용 케이스, 가스레인지부터 조리 도구가 완비된 움직이는 주방이다. 현란한 손놀림으로 오므라이스가 만들어진다. 맛을 본 의뢰인의 얼굴에 화색이 돈다. 그래, 이 맛이야! 부인의 손에서 전달되는 수고비는 100만 엔이다. 출장요리 한 번으로 1,000만 원이라니.

뒤이어 1930년대 만주로 시공간이 이동한다. 군국주의로 무장한 일본이 만주를 점령한 시절, 천황의 방문을 앞둔 사령부에선 원대한 프로젝트를 준비한다. 청나라 황제가 먹은 '만한전석'을 능가하는 '일본제국식채전석'이다. 청의 강희제가 만주족과 한족의 화합을 위한 연회용으로 시작한 것이 만한전석이라면, 식채전석은 세계 모든 이의 입맛을 사로잡겠다는 야심에서 비롯된 것이다. 프랑스 유학파 출신 요리사를 특별히 데려오고 중국인 보조 요리사까지 붙인다. 108가지 요리를 구성하고 레시피를 만들어 가는 과정은 한 편의 인간 드라마이다.

완벽주의자인 요리사는 자신의 미각 외엔 믿지 못한다. 동료가 만든 요리는 하나같이 맘에 들지 않는다. 곁에서 지켜보다 못한 아내의 한마디. "옆에 있는 사람도 행복하게 하지 못하면서 어떻게 세계인의 입을 행복하게 만든다는 건가요?" 완벽에 가까운 사람일수록 친구와 동료가 드문 건 이 때문이다. 쉼없는 자기 채찍질이 지나쳐 주위 사람까지 자기 세계 안에서 작동해야 한다고 믿는 지경에 이른다. 그러나 생각이 바뀌면 요리도 바뀐다. 자기 재능만 믿던 사람이 동료 음식을 칭찬하고 조리법에 관심을 기울이기 시작한다. 하나둘 요리가 완성되어 식채전석 리스트가 채워질 찰나다.

문제는 대미를 장식할 최고의 음식이다. 화려한 피날레에 걸맞게 천황도 내빈도, 더불어 세계인 모두가 고개를 끄덕일 만한 요리여야 한다. 마지막 불꽃을 태울 즈음 딸이 태어나지만 아내는 출산 도중 숨을 거둔다. 슬픔 가득한 주방에서 비프가스 샌드위치를 만드는 요리사. 청혼한 이래 아내가 가장 좋아한 요리였다. 아이의 탄생과 아내의 죽음 앞에서 요리사는 최고의 음식을 만든다. 눈물 글썽이며 맛있게 먹는 동료를 보면서 그는 외친다. 유레카! 만찬의 대미를 비프가스 샌드위치로 장식하겠다는 외침이다. 식채전석 레시피 책 마지막 장을 장식한 조리법에는 맛있게 먹는 딸아이의 사진도 함께 붙어 있다. 세계인에게 바치려 했던 마지막 요리는 나와 가까운 이를 행복하게 만든 비프가스 샌드위치였다.

제아무리 비싸고 화려한 요리도 자꾸 먹으면 물린다. 타향살이에 외식과 배달 음식으로 지칠 때마다 어머니가 만들어 준 집밥이 생각나는 건 이 때문일 터. 1,000만 원으로 필생의 오므라이스를 맛본 노인이 아내에게 "그럼에도 내 마지막 음식은 당신이 만들어 주는 걸 먹고 싶다"고 말하는 건 같은 이치이다.

최초로 오마카세를 만들었고, 최초로 『미슐랭 가이드』 3년 연속 '별 셋'을 획득한 스시 레스토랑 초밥 장인 오노 지로는 말한다. "내가 행복할 때 비로소 손님도 내 음식을 먹고 행복할 수 있습니다." 샌드위치를 다 먹을 때 즈음, 카페 주인 남자는 종종 손님 없을 때에만 낸다며 참외를 썰어 왔다.

무정한 사람들의 프라이드치킨
< 위대한 개츠비 >

·
·
·

〈심슨 가족〉에서 호머 심슨은 말한다. "치킨은 어떤 종교와 문화, 민족도 금지시키지 않은 진정한 사랑과 화합의 음식"이라고. 하지만 닭이 누구에게나 사랑과 평화의 음식은 아니었다. 일본의 저널리스트 우에하라 요시히로는 『차별받은 식탁』에서 "미국이 남북으로 갈라져 있던 노예제 시절, 백인 농장주가 버린 재료들을 가져다 만들어 먹은 흑인 노예 음식이 소울 푸드의 유래"라고 설명한다. 즉 고된 노동과 낮은 임금 속 노예들의 삶을 버티게 해 준 음식이라는 것. 실화를 바탕으로 만든 영화 〈노예 12년〉에서 스티브 맥퀸 감독은 고된 하루를 보낸 흑인 노예들이 뼈째로 튀긴 닭을 먹는 숏에 흑인 영가를 넣음으로써 프라이드치킨이 조상 대대로 노예들의 소울 푸드임을 당당하게 증언한다.

소울 푸드의 유래에서 알 수 있듯, 노예제 시절 농장주는 오븐에 구운 닭의 살코기만 먹었다. 포크와 나이프로 발라 먹기 힘든 날개와 다리, 목 등은 버려졌고 이는 노예들 차지였다 (한때 도널드 트럼프가 KFC에서 치킨을 포크와 나이프로 먹는 장면이 알려져

곤욕을 치렀다). 그냥 먹을 수도 없고, 구워 먹을 오븐도 없던 그들은 고민에 빠졌다. 결국 찾아 낸 것이 기름에 튀기는 방식이다. 튀긴 닭은 먹음직스러웠다. 지친 몸에 에너지를 공급하는 고열량 음식으로 이만한 게 없었다.

"이게 옥스퍼드 매너라는 건가?" 자신을 거칠게 밀어붙인 개츠비에게 톰 뷰캐넌은 말한다. 플라자호텔 스위트룸에서 쉼 없이 부서지는 얼음조각으로도 더위를 식힐 수 없을 만큼 무더웠던 그때. 술과 노래와 춤이 미국을 휩쓸던 시절. 건국이념과 전통을 변질시킬 만큼 사치와 향락과 물신주의가 도덕을 깔고 앉아 호령하던 시대를 살아온 사람들의 이야기. 전통 상류계층과 신흥 부자와 그 사이에 안착한 여인과 이 모든 것을 지켜본 남자의 진술을 그린 〈위대한 개츠비〉의 무대는 1920년대, 정확하게는 1922년 여름이다.

원작인 『위대한 개츠비』는 미국의 시대정신을 대표하는 기념비적 베스트셀러다. 명성에 걸맞게 다섯 차례나 영화로 만들어졌는데, 1974년 잭 클레이튼 감독이 연출하고 로버트 레드포드와 미아 패로가 주연을 맡은 버전을 필두로, 2001년엔 TV 드라마로 만들어졌으며, 2013년 바즈 루어만이 레오나르도 디카프리오와 캐리 멀리건을 캐스팅해 다시 한 번 영화로 탄생시킨다.

물질주의와 쾌락주의가 미국 사회를 지배하던 1920년대,

전례 없는 경제 호황으로 신흥 부자가 대거 탄생하던 시절이다. 물질적 풍요와 경제발전과 별개로 도덕과 윤리가 흔들리고 추락하던 시대. 그러니까 〈위대한 개츠비〉는 먹고 마시며 취하고 춤추기를 멈추지 않았던 '재즈 에이지' 또는 '흔들리는 20년대'를 배경으로, 목가적인 아메리칸 드림을 믿었던 순수한 청년이 어떻게 이기적이고 부주의한 물질주의자들에 의해 파멸하는지를 그린다. 혹은 녹색 불빛을 되찾으려다가 녹색 수영장에서 살해당하는 순진한 미국인에 관한 이야기이다. 우리가 놓치고 잃은 것은 무엇인가에 대한, 냉소 가득하며 환멸에 찬 피츠제럴드식 대답이다.

장교 시절 개츠비는 데이지와 연인이었다. 그러나 개츠비가 1차 대전 참전으로 유럽으로 떠난 사이 데이지는 대부호 톰 뷰캐넌과 결혼한다. 전쟁에서 돌아온 개츠비의 상실. 데이지가 떠난 것은 돈 때문이라고 생각하고는 갖은 수단을 써서 돈을 모으고 톰과 데이지의 집 건너에 저택을 짓는다. 최소한 일주일에 한 번씩 파티를 열어 먹고 마시며 춤추는 향락에 사람들을 초대한다. 목적은 오직 하나. 데이지가 파티에 나타날 것이라는 희망이다(마지막까지 개츠비가 몰랐던 건 자신이 평생 동안 꿈꾼 여인 데이지가 물질주의에 찌든 속물로 변했다는 사실이다). 아무리 좋게 보아도 특별할 게 없는 인물이었다. 지역사회를 위한 모금과 헌신과 후원은커녕 사치·향락 풍조 조장에 돈을 퍼부은 개츠비였다. 그가 부를 축적한 과정도 석연치 않다. 아마도 무수한 불법과 확실한 탈법과 권력과의 유착이 뒷받침되었을 것이다. 밀주업에 손대고 경찰청장의 묵인하에 약국 체인을 잡아 유통망을 확대하며 부를 모았을 젊은 부호 개츠비. 그런 남자에게 작가 피츠제럴드는 '위대한The Great'이라는 칭호를 붙인다. 그가 대체 어떤 점에서, 무엇이 위대하단 말인가.

미국은 유럽의 산업화, 대기근과 종교 박해를 피해 찾아 이주해 온 사람들이 세운 나라였다. '초원의 집'으로 표상되는 녹색 정원과 목가적인 삶은 곧 초창기 미국인들이 추구했던 미국의 꿈이었다. 그러나 그들은 북미 대륙을 개척해 '문명화'시켰고 세계 문명과 과학의 중심지가 되었다. 미국인을 캘리포니아 금광으로 몰려들게 만든 1849년의 골드러시는 미국의 꿈을 '물질적 성공'과 동일시하는 계기를 불렀다. 그나마 남은 서부의 미개척지마저 급속도로 문명화의 길을 걷는다. 서부 개척사의 종말과 순수한 미국의 꿈의 죽음을 선포한 것이 1890년 미 연방정부의 서부 개척 종결 선언이다. 순수했던 선조들의 꿈은 미국의 악몽으로 돌변했다. 물질적 성공을 추구하는 과정에서 상실한 미국의 꿈을 찾으려는 작가들의 부단한 노력은 '위대한 개츠비'를 탄생시켰다.

헤밍웨이는 개츠비를 '20세기의 허클베리 핀'이라고 불렀다. 서부 개척이 종결된 후 더 이상 서부로 모험을 떠날 수 없는 헉 핀이 이번에는 동부로 다시 돌아가서 겪는 모험이 『위대한 개츠비』라는 것이다. 평론가들은 개츠비가 선조들의 이상향, 아메리칸 드림을 꿈꾸었던 마지막 미국인이라는 데 의견을 같이한다.

영화의 클라이맥스. 데이지는 남편의 정부 머틀을 차로 밀어버렸고, 다행히 그 차는 개츠비의 차였으며 개츠비는 데이지를 위해 살인죄를 뒤집어쓸 각오가 되었음을 주위 사람이 모두 알았을 때, 톰과 데이지는 호젓한 시간을 보낸다. 피츠제럴드의 원작에는 이렇게 씌어 있다.

데이지와 톰이 식탁에 마주앉아 있었다. 그들 사이에는 식은 닭튀김과 두 병의 에일이 놓여 있었다. 그는 식탁 너머로 그녀에게 열심히 떠들어 대고 있었고, 진지하게 손을 뻗어 그녀의 손을 감쌌다. 가끔씩 그녀가 그를 올려다보며 동의의 뜻으로 고개를 끄덕였다.

한편 2013년 〈위대한 개츠비〉의 장면은 이렇다. 창문 블라인드 사이로 톰과 데이지가 식탁에 앉아 있고 톰은 무언가를 열심히 말한다. 데이지는 이따금 고개를 끄덕인다. 그들은 행복해 보이지도 않지만, 불행해 보이지도 않는다. 어떤 상황이 벌어지고 있는지를 모른 채 오직 데이지를 걱정하는 개츠비를 대신해, 부부의 상태를 염탐한 닉 캐러웨이 눈에 들어온 광경이다.

원작을 고려한다면 영화에는 투 숏으로 잡은 두 사람 앞에 놓인 프라이드치킨과 에일 두 병이 보여야 맞다. 하지만 바즈 루어만의 영화에는 맥주병 주둥이가 보이는 정도에 그치고 치킨은 보이지 않는다. 심지어 잭 클레이튼이 연출한 1974년 버전은 배경이 아침이고 두 사람의 아침 식사로 크루아상과 커피가 놓여 있다. 두 감독은 이 장면에서 음식은 중요하지 않다고 본 듯하다. 다만 바즈 루어만은 닉이 둘의 대화를 엿듣기 직전, 칠면조나 치킨을 덮는 둥근 뚜껑을 얹은 쟁반을 들고 들어가는 집사를 보여줌으로써 치킨이 그 자리에 놓여 있음을 암시한다. 카메라 위치를 고려할 때(닉 캐러웨이는 창문 옆에 수평으로 서서 두 사람 대화를 엿듣는다), 치킨과 맥주병을 모두 드러내는 것은 무리라고 보았을 수도 있다. 닉의 시점 숏에선 톰의 등과 데이지가 보일 뿐이고, 3인 숏은 원거리에서 찍어 식별이 불가능하다.

이전까지 톰과 데이지의 생활양식과 식사 관행으로 볼 때 소박한 탁자 위에 놓인 프라이드치킨과 맥주는 어울리지 않는 조합이다. 두 사람은 왜 그 음식을 택했을까. 늦은 밤 야식으로 신속하게 조리하기에 적합했는지도 모른다. 뺑소니 교통사고를 낸 아내를 설득하는 데 화려한 정찬이 필요한 것은 아니었을 터다. 신속하고 과감하며 단호한 어조로 데이지를 설득해야 한다면. 아무렇지 않다는 듯 무심한 표정으로 여행을 떠날 수 있는 사람들에게 그 옛날 남부 노예들이 튀겼던 뼈째 먹을 수 있는 프라이드치킨은 지금 이 순간을 가장 빠른 속도로 돌파하는 데 도움 되는 음식이었는지 모른다. 무정하고 무심한 톰과 데이지는 프라이드치킨과 맥주를 앞에 두고 개츠비의 운명을 논했다. 닉은 그들의 행동만큼이나 그 여름 벌어진 모종의 행위와 음모와 향락의 카니발에 동참한 자신을 용서하기 힘들었을 것이다. 영화 종반 닉의 내레이션은 개츠비를 죽음으로 몰고 간 사람들에 대해 말한다.

무정한 사람들이었다. 톰과 데이지 같은 사람들. 물건과 사람들을 망쳐 놓고 자기들 돈과 거대한 무심함 뒤로 숨어 버렸다.

미국 문학과 역사에서 순수한 아메리칸 드림을 꿈꾼 사람은 어김없이 총탄에 맞아 쓰러졌다. 에이브러햄 링컨이 그랬고, 존 F. 케네디와 마틴 루터 킹이 그랬고, 말콤 X가 그랬다. 개츠비도 예외는 아니었다. 부패할 수 없는 꿈을 꾸었던 한 남자. 스러져 가는 미국의 이상을 끝내 부여잡고 목가적 꿈을 포기하지 않은 남자. 그래서 영화의 마지막, 닉 캐러웨이는 'The Great'라는 단어를 덧붙인다. 물론 작가 피츠제럴드의 헌사를 더하여. 위대한! 개츠비.

이 구역 대장은 짜장면이야!
< 신장개업 >, < 북경반점 >

．
　．
　．

"야, 중국집의 진짜 효자 종목이 뭔지 알아? 탕수육 같지?
절대 아니야. 짜장이야. 우리 바닥에서 효자 종목은 이혼인
거고. 너 탕수육으로 돈 벌 생각하지 마. 그냥 짜장으로
벌어."

제대로 된 사건 하나 수입하지 못한 채 선배 사무실에 얹혀 일
하는 국선변호사 윤계상에게 날아오는 유해진의 훈계. 영화
〈소수의견〉의 한 장면이다. 모름지기 중국집의 수준을 알려면
짜장면을 시키라고 했다. 기본 중의 기본인 짜장면이 맛있다면
나머지 요리도 절반은 먹고 들어간다는 얘기. 짬뽕의 위세가
세다고는 해도 짜장면 수요는 여전히 굳건하다는 방증이다.
　　눈에 보이는 중국집마다 온통 짬뽕을 간판으로 내세우는
요즘이지만, 적어도 한국영화에서 짬뽕은 주연이 아니었다. 그
러니까 한국영화 속 중국 음식은 짜장면이 '원톱'이었다는 얘
기. 비록 현실은 짜장면이 휘두르던 절대 권력이 짬뽕에게로 넘
어갔을지라도 영화 속에서 짬뽕은 엑스트라(어쩌면 탕수육보다 못

한 신세)에 불과했다는 것. 짬뽕이 주된 메뉴로 등장하는 영화가 전무할 정도로 중국 음식은 곧 짜장면으로 통했다.

그럼에도 영화에서 짜장면이 특별한 의미와 상징 또는 이야기 핵을 이룬 적은 흔치 않다. 하이틴 청춘 드라마의 외식, 회식 장면에 등장하거나 경찰서에 배달된 짜장면은 서민의 친밀한 먹거리이거나, 고단한 업무와 반복적 일상의 상징처럼 여겨졌다.

와중에 인상 깊은 짜장면을 꼽으라면 〈살인의 추억〉에 등장하는 짜장면이다. 장소는 향숙이 살인 용의자 백광호를 가둔 지하 취조실. TV에서 빠바바바빠바바, 흐르는 〈수사반장〉 시그널에 추임새를 넣으며 송강호와 김뢰하가 정면을 바라보며 먹던 짜장면이다. 또 백광호 구속영장이 기각된 후 질타와 망신을 당한 형사팀원이 동네 중국집에 모였을 때, 그들 앞에 놓인, 떡처럼 눌어붙어 비벼지지 않는 짜장면도 쉽사리 잊기 힘든 장면이다.

봉준호만큼 먹는 것에 천착한 감독도 없을 것이다. 그러니까 봉준호 영화 중에서 먹는 것은 단순한 장면 이상의 의미를 함의한다는 얘기다. 예컨대 〈살인의 추억〉의 종반, 송강호는 박해일에게 "밥은 먹고 다니냐?" 하고 묻는다. 〈괴물〉의 마지막, 송강호는 딸이 살린 사내아이와 밥을 먹고, 〈설국열차〉에서 단백질 바는 중요한 상징으로 등장한다. 〈기생충〉에도 그 유명한

'짜파구리'를 비롯해 먹는 장면이 즐비하다. 봉준호는 말하길, 권력은 주로 내보내고 배설하고 뱉어 내는 반면, 약자는 서로를 먹이는 데 힘쓴다고 하였다. 〈괴물〉에서 포름알데히드의 방류는 괴물을 탄생시켰고, 〈마더〉의 쌀떡 소녀는 원빈이 던진 돌에 맞아 죽는다. 어둠 속에서 툭하고 토해내듯 던져진 돌덩이에 맞아서. 봉준호 영화에는 음식이 많이 등장하지만 지극히 평범하다. 일상적인 수준을 넘지 못한다. 그 단순한 먹거리를 이용해 장면화로 중요한 화두를 던지는 봉준호의 능력은 가히 천의무봉이다.

다시 짜장면 이야기로 돌아가면, 희망의 아이콘이 된 〈김씨 표류기〉의 수제 짜장면도, 〈피끓는 청춘〉에서 박보영과 이세영이 두 남자를 앞에 두고 당당하게 먹던 짜장면도, 〈살인자의 기억법〉에서 연쇄 살인마 설경구가 좋아하는 짜장면도, 내겐 인상 깊은 짜장면들이다. 그럼에도 짜장면이 주인공인, 그러니까 중국집을 배경으로 한 두 편의 영화는 반드시 언급해야 한다.

1999년 개봉한 김성홍 감독의 〈신장개업〉은 한 동네 두 개의 중국집에서 벌어지는 이야기를 코믹과 스릴러의 형식으로 담는다. 미장원도 약국도 슈퍼마켓도 하나인 작은 소읍, 터줏대감 중국집 '중화루' 맞은편에 개업한 '아방궁'은 짜장면이 유일한 메뉴이다. 매 점심마다 짜장과 짬뽕 사이에서 고민하던 야채 장수가 중화루의 멸시를 뒤로하고 찾은 아방궁의 짜장면은 천상의 맛이었다. 일곱 그릇이나 먹어 약국을 찾을 정도의 맛. 소문이 꼬리에 꼬리를 물어 아방궁은 인산인해인 반면 중화루는 파리 날리는 신세로 전락한다. 20년 전에 만나는 바이럴 마케팅 현장이다. 경쟁 업소가 번성하면 의심과 질시가 뒤따르는 법. 짜장 소스에 인육을 넣었을 거란 그럴듯한 상상이 몇 가지 미심쩍은 상황과 겹쳐 기정사실로 둔갑한다. 인육을 쓴 만두 이야기는 『수호전』을 비롯한 중국 기담의 단골 소재였다. 일찍이 컬트의 전설 김기영 감독의 〈반금련〉에서 만두의 속으로 쓰인 바 있는 인육이 짜장면으로(심지어 영화 포스터의 카피는 "너 짜장면 될래?"다) 이동하는 순간. 그러니까 필사의 추적으로 전모가 드러나기 직전 어찌어찌 이야기는 끝난다.

같은 해 만들어진 김의석 감독의 〈북경반점〉은 아예 짜장면과 춘장에 관한 이야기이다. 춘장 제조법을 둘러싼 전통과 현대의 갈등이 주된 소재이다. 감독은 억지 화해가 아닌, 음식 만드는 자세와 태도에 방점을 두고 실타래를 풀어 간다. 시작은 중국집을 세 종류로 구분해 설명하는 내레이션이다. 춘장을 직접 만들면서 전통을 잇는 노포 '북경반점', 공장용 춘장으로 대중의 입맛을 맞추고 화려한 규모와 공격적 마케팅으로 무장한 대형 중식당 '만리장성', 우리 머릿속에 쉽게 떠올릴 수 있는 배달 위주의 동네 중국집 '안동장'. 어떤 방식이 옳고 그른지를 따지는 건 무의미하다. 창업주가 애써 담근 춘장에 공업용 캐러멜과 화학조미료를 넣어 짜장면을 만든 주방장의 항변처럼, 세상이 변하고 사람들 입맛이 변했는데 언제까지나 전통 방식을 고집할 수만도 없기 때문이다. 100년 전 방식으로 21세기의 입맛을 사로잡기엔 한계가 있는 법. 전통을 고수하되, 시대의 취향과 화해하기로 결심하면서 북경반점은 새롭게 태어난다. 직접 담근 춘장과 천연조미료를 넣어 대중 입맛에 맞춘 짜장면을 만드는 데 성공한 노포에 인산인해인 손님을 보여주며 영화는 끝난다. 당대의 입맛이 화학조미료에 손을 들어준 건 아니라는 사실 증명.

전통 방식으로 만든 춘장보다 공장 생산품을 선택하는 건 경제적 이유에서일 터다. 원가 절감, 그것 말고는 아무것도 없다. 영화 후반 북경반점에서 만리장성으로 옮긴 주방장이 "여기서 사람이 먹을 수 있는 게 몇 가지나 되는 줄 아느냐?"며 사장에게 일갈을 날린 것도 같은 맥락이다.

드디어, 동네 인근 중국집이 문을 열었다. 지난겨울 망치 소리와 톱질 소리가 끊이질 않더니 중국 음식점을 만들려고 그랬나 보다. 평범한 외관이 여느 중국집과 다를 바가 없음에도 떡 본 김에 제사 지낸다고 마땅한 먹을거리가 없던 차에 짜장면을 먹었다. 짜장면은 달고 감자는 설익었으며 단무지마저 물컹했다. 식초를 들이부어도 좀처럼 가실 줄 모르는 단맛. 요즘

어딜 가도 음식에서 단맛이 난다. 외식 산업의 번창으로 아이들과 부모의 입맛이 변한 탓일 게다. 거칠게 말하자면 아이들에게 선택권이 넘어간 이후로, 즉 가정의 중심이 부부에서 자녀로 수직 이동한 이후로 식당 음식은 날로 단맛을 향하고 있다. 소득 불균형과 1인 가구 증가로 인한 인스턴트식품 산업의 팽창도 한몫했다. 혹은 암울한 미래를 달래기 위해 달콤한 현재를 선택한 것일까.

『뉴욕타임스』의 칼럼니스트 애덤 고프닉은 음식에 대한 '취향'과 '윤리'는 엄연히 구분되어야 한다고 말한다. 즉 음식을 평가하는 사람은 제아무리 내 입에 맞을지라도, 손님 식탁에 올리기까지의 과정이 윤리적으로 어긋난다면, 칭찬에 신중해야 한다(그 반대의 경우도 마찬가지)는 것.

밥값을 계산하면서 "짜장면이 너무 달아요" 하는 말이 입 밖으로 나오려는 걸 꾹 참았다. 영리를 목적으로 시작한 가게이고 요즘 입맛에 맞췄다는 걸 잘 알기 때문이다. 대신 "잘 먹었습니다" 하고 말하는 것으로 그 집과 작별을 고했다. 단맛 가득한 세상이고 달콤한 인생이어야 하는데, 미각을 망치는 단 음식만 가득한 세상이어서 안타깝다. 짜장면다운 짜장면이 그리운 시절이다.

취향과 문화의 살벌한 로맨스
< 나를 찾아줘 >

．

．

．

내가 크레이프를 처음 먹은 건 1990년대 말, 방배동 서래마을의 작은 제과점에서 제공한 모닝세트였다. 팬케이크보다 얇게 만들어 쌓아 올린, 우리 음식 밀전병 같은 그것. 그러니까 첫인상은 팬케이크의 상위 버전일 거란 막연한 생각이었다(팬케이크가 크레이프의 저렴한 버전이라는 뜻은 아니다). 맛은 부드럽고 달콤했다. 노골적이지 않은 단맛이 만족스러웠다. 대신 가격이 만만치 않았다. 대중적인 음식은 아닐 거란 생각도 들었다.

크레이프는 프랑스에서 시작된 음식이다. 오랫동안 프랑스인의 간식과 붙박이 아침 식사였던 크레이프는 일본에서 케이크로 거듭났다. 도쿄의 카페에서 만들기 시작한 것을 커피 프랜차이즈 도토루가 따라 만들면서 자리 잡았다는 이야기가 있다. 내가 좋아하는 어느 제과점에 가면 크레이프가 세 가지로 구분되어 있다. 프랑스산과 일본산과 독일산. 모양은 조금씩 다른데, 모두 먹어 보질 못해 맛으로 구분할 재주는 없다.

데이비드 핀처 감독의 〈나를 찾아줘〉는 겉으로 완벽해 보이는 부부가 2008년 금융 위기로 둘 다 직장을 잃은 후 남편

고향 미주리로 이사하고, 결혼 5주년이 되는 날 아내가 사라지는 사건을 스릴러 형식으로 풀어 가는 영화이다.

"취향과 애티튜드는 돈 주고 살 수 없다"고 한다. 백번 맞는 말이다. 취향과 태도는 한 사람이 나고 자라면서 겪은 환경과 교육과 가족 구성원의 성품까지, 그 밖에도 사회와 관련한 모든 것을 반영한다. 어떤 사람의 취향을 보면 그의 교육 수준과 생활수준을 알 수 있는 것과 마찬가지다. 그러니 18세기에 태어나 19세기를 산 프랑스의 미식가 장 앙텔므 브리야 사바랭이 『미식 예찬』에서 "당신이 무엇을 먹는지 말해 달라. 그러면 당신이 어떤 사람인지 말해 주겠다"고 선언한 것도 무리가 아니다. 길리언 플린의 원작 소설 『나를 찾아줘』도 음식이 갖는 문화 코드 기능을 한껏 이용한다.

인물의 관계와 실종 사건 수사 과정에 집중한 데이비드 핀처의 영화와는 달리 원작에는 에이미와 닉의 정체성을 만든 음식 문화가 다양한 상황으로 펼쳐진다. 소설에는 아이스크림과 핫도그를 비롯해 아티초크와 가시 게까지 70여 종의 음식이 등장한다. 예컨대 에이미의 아침 식사 중 하나인 에그 베네딕트와 수란을 만드는 과정에 공을 들이는 건 이 때문이다. 뉴욕을 떠나 미주리로 이사 가는 날 산 음식이 베이글 샌드위치라는 설정을 통해, 그리고 몸이 으슬으슬할 때 치킨 수프가 아니라 똠얌 수프를 떠올리는 에이미의 모습으로, 그녀가 뼛속까지 뉴요커임을 말한다. 파리에 바게트와 크루아상이 있다면 뉴욕엔 베이글이 있다. 닉과 에이미는 태생부터 달랐고, 양립하기 힘든 문화 정체성을 가진 커플이었다.

에이미는 이미 어린 시절, 베스트셀러의 실제 모델이었고 사교계 명사가 되었다. 명문대를 나왔고 교양과 품위를 갖춘 스마트한 도시 여자다. 한마디로 에이미는 뉴욕 출신의 금수저이고, 미주리에서 온 촌뜨기 닉은 흙수저다. 닉은 잡지에 기고하는 작가이지만 시골 출신이라 최신 트렌드와 거리가 멀다. 웰빙 식품인 퀴노아를 퀸오아로 발음하고 심지어 물고기 이름이라 여길 정도다. 벨비타를 치즈 일종으로 아는 사람이다. 에이미가 시댁인 미주리 주로 이사 온 날 느낀 감정은 '실수로 챙겨온 짐이 된 기분'이었다. 이사에 관해 아내에게 상의조차 하지 않은 남편이다. 어머니의 말기 암 때문이라고는 해도, 에이미의 감정에 무감각하고 무관심한 닉은 고향에 돌아와 마냥 행복하다. 시어머니 사망 후 에이미는 타운하우스를 헐값에 팔아 닉에게 술집을 차려 주었다. 그런데도 닉은 섹스가 필요할 때만 에이미를 찾는다. 친구가 없는 뉴욕 출신의 복잡하고 고급 취향을 가진 에이미에게 닉은 거추장스런 존재였고, 닉에게 완벽한 아내 에이미는 부담스런 존재였다. 낯선 동네에 떨어진 이방인 같은 존재 에이미의 심경을 대변하는 문장. "난 미주리 주민이다."

이 부부의 사회 문화 정체성을 극명하게 드러내는 게 닉과 에이미가 먹는 아침 식사이다. 그러니까 미주리 출신의 닉은 팬케이크를 즐겨 먹는 남자이고, 살면서 한 번도 뉴욕을 떠난 적 없는 에이미는 크레이프를 만드는 여자다.

크레이프의 재료는 단순하다. 밀가루, 계란, 설탕, 우유, 식용유가 전부다. 그에 비해 만들기는 약간 까다롭다. 크레이프를 찢어지지 않으면서도 하늘하늘하게 부치는 데도 숙달된 솜씨가 필요하다고 전문가들은 말한다. 이렇게 부친 크레이프를 식힌 뒤, 사이사이에 각종 크림을 역시 얇게 발라 켜켜이 쌓는다. 맛도 중요하지만 겹친 수나 다양함으로 케이크를 평가할 수 있는데, 스무 장은 겹쳐야 제대로 만들었다는 이야기가 나온다. 진짜 문제는 여기서부터이다. 힘들게 만든 크레이프, 어떻게 먹을 것인가. 잘라 먹기와 벗겨 먹기에 대한 고민이 대체 왜 필요한지 모르겠으나, 경험 많은 파티쉐는 "밀크레이프를 한 켜씩 벗겨 먹는 건 비빔밥을 비비지 않고 나물 따로 밥 따로 먹는 것과 같다"는 비유를 든다.

한편 팬케이크는 미국인들의 가장 간편한 아침 식사로 알려진 음식이다. 뜨거울 때 먹어야 맛있다고 하여 핫케이크라고도 불린다. 찰떡궁합인 시럽을 뿌리거나 치즈와 생크림을 얹기도 한다. 일부에서는 그릴드케이크라 하여 덜 달게 만든 뒤 베이컨과 소시지 등을 곁들여 아침 식사나 간식으로 먹는다. 팬케이크는 크레이프에 비해 만들기 쉽다. 재료는 크레이프와 유사하지만 베이킹소다나 베이킹파우더가 들어가기 때문에 굽는 과정에서 크게 부풀려진다. 크레이프처럼 찢어질 염려도 없고 하나만 먹어도 든든하다.

에이미는 닉을 사랑하지만 존경하는 건 아니다. 식습관이 다르고 생활방식이 너무 차이 나기 때문이다. 거짓 실종된 에이미가, 은신처를 제공한 전 남자 친구 앞에서 닉에 대해 불평하는 장면은 두 사람 사이에 좁힐 수 없는 거리를 말한다. "18세기 음악을 듣고 19세기 인상주의 미술에 대해 알고 프루스트를 이야기할 수 있는 남자와, 바지 주머니에 손을 넣어 거시기를 만지면서 리얼리티 쇼를 보는 남자" 중 닉은 후자다. 닉도 할 말은 있다. 늘 촌놈 취급하며 집에 오면 불만만 늘어놓아서 숨이 막혔다는 것(그렇다고 어린 제자와 불륜을 저지르는 건 용납이 안 된다. 마찬가지로 불륜을 저질렀다는 이유만으로 그를 아내 살인범으로 모는 것도 부당하다). 아내가 골라 준 넥타이를 매야 하고 아내의 취향에 맞추려다 지쳐 버린 남자였다. 고향 사람들처럼 인스턴트 음식과 콜라를 맘껏 먹고 마시고 싶었지만 아내는 용납하지 않았다. 이처럼 두 사람 사이를 가로막은 건 계층 차이다. 남녀의 심리를 탁월하게 묘사하며 부부 관계에 대한 세밀한 통찰을 전편에 드러낸 〈나를 찾아줘〉가 말하는 건 좁힐 수 없는 계층 간 지역 간의 차이와 갈등이다.

실종 30일째 되는 날 집으로 돌아온 에이미는 다음날 아침으로 크레이프를 만든다. 크레이프 먹겠느냐는 에이미의 물음에 닉은 그러겠다고 대답한다. 둘 다 감정 없는 건조한 표정이다.

〈나를 찾아줘〉는 수미쌍관, 즉 처음과 끝을 같은 미장센으로 열고 닫는다. 부부간의 기본적 궁금증들. "무슨 생각해? 기분이 좀 어때? 우리가 왜 이렇게 됐지?"로 시작한 영화는 "우리가 어떻게 될까?"라는 질문으로 끝난다. 결혼 5주년이 된 실종 첫날 아침의 풍경과 에이미가 다시 집에 돌아온 지 7주가 된 어느 날 아침의 풍경은 같다. 남편의 옷도, 행동반경도. 달라진 건 집 앞에 늘어선 방송국 차량과 하나 더 놓인 쓰레기통이 고작이다. 두 사람이 문화 차이를 극복하고 행복한 부부로 발전하긴 힘들 것이다. 닉은 에이미의 제안을 수용했고 아내가 만든 크레이프를 용인한다. 다른 한편으로는 에이미와의 부부 생활이 이전과 다를 바 없을 것이라는 암시다. 에이미는 하나도 변한 게 없다.

취향이 다른 사람과의 관계가 얼마나 힘든지, 겪어 본 사람은 안다. 닉과 에이미의 부부 갈등을 촉발한 매개는 취향이었다. 〈나를 찾아줘〉가 드러낸 '취향'의 정의는 단순하다. 팬케이크를 먹고 자란 남자에게 에그 베네딕트와 크레이프를 능숙하게 구워 내는 여자는 무척이나 버겁다는 것. 그 반대의 경우 또한 마찬가지라는 사실이다. 취향에 대해 본질까지 파고들어

간 통찰이 빛나는 가운데, 데이비드 핀처는 서로를 증오하는 부부의 위선적 삶을 바탕에 두고 당대 미국 사회의 심각한 문제로 대두된 계층 갈등과 지역 문제를 삼투한다.

그대, 어디서 무엇을 먹든
복수를 멈추지 말지니
< 영웅본색 >, < 내부자들 >

지하 주차장 벽에 기대어 먹는 '차디찬 도시락'

강호의 도리가 땅에 떨어진 시대에 의리 하나로 살아간 사내들이 있었다. 검은 선글라스에 검정 슈트 입고 위조지폐에 불 붙여 담배로 가져가는 주윤발. 단 1분을 살아도 영웅으로 살고 싶다던 장학우를 구하려다 머리에 총을 맞은 유덕화와 몸이 망가진 연인의 모습에 눈물마저 멈춘 장만옥. 이때 흘러나오던 가슴을 헤집는 왕걸의 노래 '당신을 잊고 나를 잊고'. 그렇지, '당년정'을 부른 장국영도 있었다. 뽀얀 피부에 앳된 눈망울로 형을 원망하던 청년 경찰 키트. 가쁜 숨을 몰아쉬며 죽음 직전에 불러주던 딸의 이름, "송… 호… 연". 현실에서라면 올해로 서른다섯 살이 되었을, 그를 닮아 무척 예뻤을 '송호연'은 어떻게 살고 있을까.

1970년대 초반에 태어난 사람들(지금이면 40대 중후반)을 주류로 해서 그 아래 세대까지를 막론하고 그들의 성장 과정에서 주윤발과 유덕화와 장국영은 한 시대를 상징하는 아이콘이었다. 특히 〈영웅본색〉이 변두리 극장가를 휩쓸고 주윤발의 연작이 동시다발로 상영되던 무렵, 어디서 구했는지 시커먼 '일자 바바리'를 걸치고, 또 어디서 구했는지 하얀색 실크 머플러를 두르고는 명동과 종로를 휩쓸고 다니는 진풍경이 연출되었다(머플러를 구하기 힘든 녀석들은 두루마리 휴지를 두르고 다녔다는 확인할 수 없는 풍문도 있다). 그 시절 기성세대들은 열광적인 바바리 물결의 의미를 알지 못했다. 그저 철없는 아이들의 치기 넘치는 모방 풍조로 넘겨버렸을 뿐. 영화 관계자들마저도 예상치 못한 홍콩 누아르 열풍은 그렇게 밀려왔다.

권선징악을 넘어 갱을 미화한다는 우려의 목소리도 있었지만, 홍콩 누아르에는 살육전과 피 칠갑의 미장센만으로 설명될 수 없는 무언가가 있었다. 이를테면 폭력의 미학 속에 숨겨진 불확실한 홍콩의 미래, 성취와 좌절이 뒤엉킨 당대 젊은이들의 자화상이 담겼다는 얘기다. 단순하고 간결하며 직진하는 서사만큼이나 영화가 순수했던 시절. 1990년대 영화광의 시대는 그렇게 침사추이와 몽콕에서 날아온 순수하고 위험한 남자들과 함께 우리 앞에 도착했다.

"자네 신을 믿나?"
"믿어, 내가 바로 신이니까. 자신의 운명을 스스로 정하는 사람이, 신이야."

1980년대 중반 한국 사회에 큰 반향을 일으킨 거친 남자들의 눈물과 우정이 뒤섞인 '쌈마이 영화', 〈응답하라 1988〉의 동룡이가 4,720번 본 바로 그 영화 〈영웅본색〉에서 간신히 목숨을 구한 적룡과 주윤발이 사당에서 최후의 일전을 앞두고 나누는 대화다.

쌍권총과 바바리코트와 검정 선글라스로 상징되던 홍콩 누아르의 정수 〈영웅본색〉은 베레타 F92가 최초로 등장한 영화. 주윤발이 난사하는 쌍권총은 한 손엔 베레타, 다른 한 손엔 브라우닝 하이파워이다. 쉴 새 없이 발사되는 권총을 본 적 없는 한국 관객들은 수십 발씩 총 쏘는 장면에 의아해 했으나, 속칭 15발 이상 속사 가능한 복열탄창 총을 사용해 흐름이 끊기는 걸 방지했다(속설에는 영화에서 발사된 총알 수와 탄창 개수가 실제로 일치한다는 주장도 있다).

대만 비즈니스에서 조직원에게 배신당해 3년간 복역한 적룡은 택시 기사로 새 삶을 시작한다. 어느 날, 총상을 입은 다리로 주차장 관리와 세차를 하며 굴욕의 삶을 사는 주윤발과 조우한다. 큰형님 적룡이 교도소에서 나오기만 기다렸던 주윤발과, 동생 장국영의 앞길을 위해 새 삶을 살기로 다짐한 적룡의 날 선 대화. 주윤발은 누구에게 과시하기 위해서가 아니라 자신이 잃은 걸 돌려받고야 마는 사람이란 걸 보여주기 위해서 조직 재건과 복수를 꿈꿔 왔다. 한때 동생이던 이자웅에게 자리를 내주고 땅에 떨어진 돈을 줍는 굴욕을 감내하면서도 권토중래를 노리며 견뎌 온 날들이었다.

화려하고 비열한 거리를 그린 영화답게 클럽과 고급 음식점이 등장하지만, 무엇을 먹느냐가 중요하지 않은 서사 때문인지 〈영웅본색〉에 눈에 띄는 음식은 없다. 와중에도 내 눈을 사로잡은 건, 그렇게 3년 동안 와신상담으로 버틴 주윤발의 비장한 각오를 드러낸, 지하 주차장에서 점심을 먹는 시퀀스이다. 오우삼 감독은 절뚝거리는 다리로 청소용 카트를 밀며 주차장을 횡단하던 주윤발이 코너 벽에 앉아 스티로폼에 담긴 도시락을 먹는 장면에 공을 들인다. 체념한 듯, 내용물을 정확히 알 수 없는 도시락을 꾸역꾸역 먹는 주윤발. 조금 전 장면에선 한때 동생이었으나 지금은 조직 보스가 된 이자웅이 차에 오르며 점심이나 사 먹으라고 돈을 던져 주었다. 아마도 그 돈으로 산 도시락일 것이다. 조직과 형님과 자신을 배신한 원수로부터 나온 점심이다. 절치부심으로 씹는 밥이다. 그렇다! 복수는 식혀서 먹어야 맛있는 음식과 같다.

식은 밥을 꾸역꾸역 욱여넣는 장면은 주로 홍콩영화에서 등장한다. 나락으로 떨어진 주인공이 복수를 꿈꿀 때, 그곳은 감옥이거나 냉기 가득한 피난처이거나 공사장 한구석이다. 때론 도심 한복판 옥상일 때도 있다. 이 남자의 사연 또한 그렇다.

와신상담으로 끓인 '뜨거운 라면'

우민호 감독의 〈내부자들〉에서 한 축을 이루는 건 한쪽 손목이 절단된 안상구의 복수 서사이다. 온통 백색 등이 켜진 창고에 감금된 안상구(이병헌이 연기하는) 앞에 나타난 한 남자. 청소를 시켰으면 청소만 했으면 될 일을 쓰레기를 훔치려다 잡힌 안상구에게 이제부터 바보로 살라고 명령하는 조 상무다. 팔목 하나 썰어 버리고 정신병원에 넣으라는 명령이 떨어진다. 서툰 칼잡이가 뜨는 살점은 거칠 수밖에 없고 무딘 칼에 손을 베는 법. 부하의 톱질이 성에 차지 않자 조 상무는 직접 톱을 들어 손목을 자른다. 고통스런 표정으로 절규하는 안상구와 피 칠갑한 얼굴로 묵묵하게 톱질하는 조 상무. 이 시퀀스는 보는 이들을 그 공간으로 밀어 넣어 고통의 순간에 동참하게 만든다. 그러니까 "단순한 영화 속 상상을 넘어 그 경험을 느끼게 해 주었기에 위대한 작가"가 되었다는 (피터 보그다노비치의) 히치콕에 대한 평가를 현실로 만나는 장면이다. 몇 번을 보아도 생생한 고통의 순간("연기로는 깔 게 없다"는 이병헌에 대한 세간의 평가는 적확한 표현이다). 정신병원에 강제 입원되어 1년 6개월을 버틴 남자는, 복수 같은 달달한 것은 너무 낭만적이라고, 내가 원하는 건 정의라고 말한다. 이제 그의 복수가 시작된다.

나이트클럽 화장실에서 손님 뒤치다꺼리나 해 주며 살아가는(것처럼 위장한) 추락한 인생이 획책하는 장대한 복수극. 그의 절치부심을 담은 것이 옥상에서 부하를 만나는 시퀀스다. 도심 한복판의 허름한 상가 옥상. 비치파라솔 테이블 앞 플라스틱 의자에 안상구가 앉아 라면을 건진다. 볼품없는 식사일지언정 엄연한 보스의 식탁이다. 왼 다리를 꼰 채로 의자에 깊이 몸을 누인 그에게 부하는 90도로 고개를 숙인다(바로 직전 장면은 금품수수로 면직당한 고 기자가 조국일보 주간 이강희에게 골프채를 건네며 90도로 인사하는 신이다). 언론과 깡패와 정치와 기업이 별반 다를 바 없다는 것을 보여주는 우민호식 미장센이다. 밥 안 먹었으면 옆에서 한 젓가락 하라며 권하는 라면. 오른 손목이 절단된 안상구는 왼손을 서툴게 놀려 가며 라면을 먹는다. 젓가락을 집게처럼 사용해 면발을 훅훅 불며 넘길 때의 라면은 와신상담의 징표다. 훼손된 오른손에 대한 복수의 다짐이다. 라면 냄비 옆에 놓인 소주 한 병이 결연한 의지에 불을 지핀다. 고낙선 촬영감독의 카메라는 롱숏에서 미디엄 클로즈업으로 거리를 좁혀 간다. 물론 검찰 수사관이 촬영하는 카메라 시점으로 대치한 장면이다. 단서 포착을 위한 촬영으로 시작해, 주고받는 대화까지, 인물의 표정과 목소리와 행동까지를 모두 카메라에 담아 위대한 복수가 시작되었음을 알린다.

〈영웅본색〉 시리즈에서 목숨처럼 아끼는 동생을 잃은 세 사람. 적룡과 주윤발과 석천은 동생 장국영을 위해 출정한다. 잠입수사 중인 동생을 대신해 병원을 지키던 형이었다. 동생을 위해 다시는 범죄와 폭력과 손잡지 않으리라 맹세한 그였다. 피비린내 나는 복수의 결말은 성대했다. 영화의 끝은 악당을 절멸하고 각기 소파에 앉아 경찰을 맞이하는 신이다. 그들은 동생을 애도했고 애도의 끝에서 복수를 완수했다. 〈내부자들〉이 품은 서사 구조라고 크게 다르지 않다. 분노와 복수가 흘러가는 지점에 우직한 정의가 기다린다. 한순간 실패하여 추락한 인생일지언정 더 나쁜 놈을 응징하는 건 가능하다. 정의가 강물처럼 흐르는 세상은 요원할지라도, 불의를 향한 외침과 돌팔매질까지 멈출 순 없는 노릇이었다.

　거친 남자들의 복수는 죽은 자의 넋을 위로하고 그의 이름을 드높이는 예식이었지만, 그 시대를 살아온 사내들 가슴 속에 맺힌 우정과 애도의 응어리를 함께 털어 내는 씻김굿이었다. 그리고 죽은 그처럼 언젠가는 죽을 수밖에 없는 자신들의 운명에 대한 불길한 예감을 떨쳐 내려는 거룩한 의식이었다. 그렇게 영화 속 거친 사내들은 죽은 친구와 훼손된 한쪽 팔에 온 힘을 다해 예를 표했다. 살아남은 자들의 애통함과 두려움을 한바탕 축제로 승화시킨 것이 복수였다. 그랬기에 남자들은 다시 비열한 도시로 비장한 발걸음을 옮길 수 있었다.

그 남자의 스테이크
< 성난 황소 >

미안한 얘기지만, 이 영화를 스크린으로 보지 못했다면 당신은 정말로 불운한 사람이다. 왜냐하면 대형 스크린으로 볼 때만이, 마치 내 앞으로 걸어와 뭐라고 말 걸어올 것만 같은 신기루 속에서 꿈틀거리는 폭력의 화신 제이크 라모타를, 지근거리에서 밀려오는 형언할 수 없는 감정의 증폭을 온전히 느낄 수 있기 때문이다.

존 포드 감독이 존 웨인에게서 자신의 이미지를 찾아냈다면, 마틴 스콜세지는 로버트 드니로에게서 숨겨진 자신의 자아를 보았다. 〈비열한 거리〉의 천지분간 못하는 문제아 '쟈니 보이'로 처음 만났던 그들은 이후 47년의 세월을 함께해 왔다. 〈택시 드라이버〉의 폭력적 세상의 구원자 '트래비스'로부터 〈좋은 친구들〉의 '제임스 콘웨이', 〈케이프 피어〉의 '맥스'를 거쳐 라스베이거스의 카지노 대부 '샘 에이스'(《카지노》)까지, 그리고 〈아이리시맨〉의 거물 암살자 '프랭크 시런'에 이르기까지, 스콜세지는 드니로를 자멸해 가는 미국 현대사의 냉혹한 폭력 속으로 몰아넣는다.

1980년, 2류 배우 출신인 로널드 레이건이 대통령으로 당선되던 그해 미국은 70년대 '자기중심의 시대'에 종식을 선언한다. 레이건은 과거의 전통적 가치로 돌아갈 것을 선언하면서 가족주의 슬로건을 제시하였다. 이때 미국 영화사의 기념비적인 걸작 〈성난 황소〉가 등장한 것은 불운이었다. "근본으로 돌아가자"는 레이건의 캠페인에 이탈리아 이민계 출신의 스콜세지는 어딘지 모르게 부적절해 보였고, 결국 그해 보수주의적인 아카데미 위원들은 장남을 둘러싼 가족의 갈등과 화해를 그린 로버트 레드포드의 〈보통 사람들〉에 아카데미 작품상을 안겨 준다. 그럼에도 1940년대 미들급 챔피언이었던 제이크 라모타의 패배와 운명의 일대기를 그린 〈성난 황소〉는 스콜세지 최고의 영화로 기록되고 있다. 사각 링 위의 섀도복싱으로 시작하여 밤무대 분장실의 침울한 그림자로 결말을 맞는 이 영화는 섬광처럼 스피디한 마이클 채프먼의 흑백 촬영뿐만 아니라, 한 남자의 고독한 투쟁에 대한 진지한 성찰을 보여줬다는 면에서 1976년 칸에서 그랑프리를 수상한 〈택시 드라이버〉보다 추앙받는다.

　　마스카니의 오페라 '카발레리아 루스티카나'의 간주가 흐르면 표범 무늬의 가운을 입은 제이크 라모타의 섀도복싱이 시작된다. 마치 한 편의 영상시를 보는 듯한, 영화사상 가장 아름다운 오프닝 신으로 아직도 인구에 회자되는 〈성난 황소〉의 시작이다. 한 인간의 영욕을 그린 영화는 무수히 많았지만, 이토록 인간의 폭력성을 시대상에 비춰 담아내면서 자기 연민 어린 원죄와의 투쟁을 무서울 정도로 세밀하게 그려 낸 영화는 쉽게 찾아보기 힘들다. 폴 슈레이더의 각본에 디테일하게 접근한 마이클 채프먼의 카메라는 물론이고, 로버트 드니로가 보여준 혼신의 열연은 영화의 수준을 한 단계 격상시킨다.

〈성난 황소〉의 이면에는 이탈리아계 이민자들의 실상을 대변하려는 스콜세지의 속내도 엿볼 수 있다. 스콜세지는 물론이고 드니로, 조 페시 등 모두 이탈리아 이민자의 후손들이라는 점과 이탈리아 복서 제이크 라모타를 모델로 했다는 데서, 자본주의의 화려한 모습과 부도덕과 폭력이 난무하는 혼란이 공존하는 도시 뉴욕에서의 힘겨운 삶을 이어가는 이탈리아계 이민자들의 애환을 담아내려 한 그의 의도를 충분히 알 수 있다(이러한 시도는 아일랜드 이민자를 그린 〈갱스 오브 뉴욕〉까지 이어진다).

하지만 영리한 감독 스콜세지의 시선은 절대로 어설픈 민족주의나 사적 드라마 안에 함몰되지 않는다. 만약 스콜세지가 구조적인 모순에 집착해 주변 세상 그리기에 급급했더라면, 이탈리아 이민자의 애환에 초점을 맞추느라 균형을 잃었더라면, 이토록 뛰어난 걸작이 탄생하긴 힘들었을 것이다. 그러나 스콜세지는 이러한 유혹을 멋지게 피하면서 미국판 자본주의에 통렬한 한 방을 날린다. 그야말로 우리말 출시 제목인 〈분노의 주

먹〉에 다름 아닌 것이다.

비열한 거리를 뛰쳐나온 성난 황소는 브롱크스를 뛰어넘어 세상 밖으로 나가려 안간힘을 쓴다. 폭력과 질투로 뒤범벅된 자신의 저열한 욕망을 견디지 못해 결국 인생을 파멸로 몰고 가는 권투선수 제이크 라모타. 자신이 가장 사랑하는 사람들에게 고통과 상처만을 안겨 주지만 가장 불행한 사람이 그 자신임은 말할 것도 없다. '제이크 라모타'라는 고독한 이탈리안 황소가 상대 선수를 응시하면서 원초적 투쟁의 장으로 삼은 사각의 링은 그의 고향이자 이 영화의 원형이다. 스콜세지는 그를 철저하게 외면당해 소외되고 개과천선의 여지조차 없는 인물로 그려 놓았다. 이탈리안 이민자이자 홀로 살아 보려 몸부림친 한 마리 황소로 표현했다. 제이크는 질투와 의심을 품은 황소였을 뿐이었다. 어차피 한 번의 경기에서 투우사를 쓰러뜨린다 해도 언젠가는 반드시 쓰러지고야 말 투우장의 황소, 그가 제이크 라모타였던 것이다. 제이크가 평생 의심을 품고 질투를 남발했던 것은 살벌한 인생의 장에서 거친 숨을 몰아쉬면서라도 살아남기를 원했기 때문이다. 제이크 라모타의 동물적 근성은 영화 초반, 스테이크를 재촉하는 시퀀스에서 시작해 전편을 뒤덮는다.

때는 1941년 뉴욕 브롱크스. 평소에 기다릴 줄 모르는 성미 급한 다혈질의 제이크는 아내에게 스테이크를 빨리 달라고

채朝鮮泡菜'라고 써 붙이고 김치를 팔 때 그녀의 김치는 생계 이상의 상징을 획득한다. 때문에 김치를 사는 사람 누구도 김치를 시험 삼아 맛보지 않는다. 누구도 김칫값을 흥정하지 않는다. 조선족에게도 중국인에게도 최순희의 김치는 그 자체로 귀한 음식이기 때문이다. 맛은 부차적이란 얘기다. 심지어 순희의 식탁에도 김치는 없다. 그러니까 순희와 김치를 동격으로 인식하는 것. 조선족인 그녀에게 가해지는 편견과 핍박도 특별한 게 아니다(라고 감독은 말한다). 무심하고 무정한 사람들과 건조함으로 에워싼 풍경이 순희의 가련한 처지에 당위성을 더할 뿐이다. 즉 그녀와 아들은 이방인의 고립된 삶을 표상한다. 그러니까 〈망종〉에서 순희의 김치는 곧 조선족이다. 정체성이고 자존심이며 최후의 보루이다. 공안에게 몸을 준 후에 아들에게 공부할 필요 없다며 한글 카드를 찢어 버리는 장면은, 김치에 독을 타면서 정점을 찍고, 순희는 민족과 여성의 굴레를 벗어나기에 이른다.

〈망종〉을 처음 보았을 때의 느낌은 충격 그 자체였다. 김치에 독을 타다니. 김치로 마을 사람을 모두 죽이겠다니. 왜 안 그러했겠는가. 다른 음식도 아니고 한국 고유 음식인 김치에 독을 풀어 중국인에게 복수한다는 설정은 감독 자신이 조선족이어서 가능했을 터이지만, 그래도 쉬운 결정은 아니었을 것이다. 그 아니면 누가 감히 조국의 맛, 고향의 맛, 어머니의 맛을 훼손하는 시도를 할 수 있단 말인가. 김치의 우수성을 알리고 세계인의 입맛을 사로잡겠다는 야심찬 시도가 속속 모습을 드러내던 시절에 김치가 복수극의 직접 살해 도구가 되었다는 사실만으로도 〈망종〉은 기억할 가치가 충분하다. 이때부터 장률의 영화는 경계를 넘어 할아버지 나라를 향하기 시작한다.

든든한 겨울나기를 위한 모두의 잔치, 김장

꽉 찬 배추와 잘 삭은 새우와 빨갛게 옷을 입힐 잘 말린 고추. 남은 것은 이 모든 한 해의 수확을 버무려 한바탕 잔치를 치르는 일. '김장'이다. 한국인에게 김치란, 그리고 김장이란 고향과 어머니와 가족의 얼굴이 교차되며 추억과 향수를 부르는 이름이다. 겨울 준비를 하는 마지막 식량이 김장 김치다.

김장에 관한 최초의 기록은 고려시대 이규보가 쓴 『동국이상국집』에 "무와 오이를 절여 동지에 대비한다"는 문헌으로 등장한다. 오랜 역사만큼이나 김장은 한국인에게 특별한 위상을 지닌다. 1970년대까지만 해도 본격적인 추위가 닥치기 전에 각 가정은 연료와 함께 김장을 해 둬야 했다. 대도시라고 다르지 않았다. 겨울 준비로 연탄과 김장을 첫손에 꼽았다. 뜨끈한 아랫목을 책임질 연탄이 층층이 쌓이고 김장 김치를 마당에 묻으면서 겨울맞이가 시작되었던 것이다. 김장 김치를 짧게는 4~5개월, 길게는 1년 내내 먹어야 하기 때문에 집집마다 배추

수백 포기와 무 수백 개를 김장으로 담갔다. 김장하는 날은 온 동네가 잔칫날 같았다. 이웃끼리 또는 마을 공동체를 중심으로 서로 김장에 손을 빌려 주는 '김장 품앗이' 문화도 이어졌다.

〈식객: 김치 전쟁〉에는 김장 김치를 담그는 여염집 분위기를 설명하는 장면이 나온다. 그러니까 김장하는 날은 시어머니도 며느리 눈치를 봐야 했다는 것. 김장의 관건은 마인드 컨트롤이라는 얘기다. 화가 나거나 심기가 불편해지면 체내 혈중 염분 농도에 이상이 생겨 미각을 교란시킬 수도 있다는 주장이다. 김치를 만드는 게 얼마나 예민한 작업인지를 알려 주는 대목이다.

과거 김장은 배추를 직접 구입하여 소금에 절이고 다시 씻어서 물을 빼는 중노동으로 시작했다. 배추와 소금의 조화가 핵심이었다. 넣기와 빼기의 미학이다. 여기에 무채와 새우젓, 굴, 고춧가루를 버무린 양념을 배춧잎 사이사이에 집어넣고 독에 담아 땅속에 묻으면 김장은 끝이 난다. 그리고 방금 담근 겉절이 김치에 돼지고기 수육을 곁들여 막걸리 한 사발로 행복한 노동을 마무리했다. 최근에는 김장을 온 가족이 함께할 수 있는 '놀이'로 인식하기 시작한 사회 분위기에 맞춘 듯, 절임 배추와 김치 양념이 등장했다.

김치류의 채소 절임 음식은 전 세계 많은 나라에서 오래전부터 먹어 왔다. 일본에는 전통 채소 절임 음식인 '츠케모노'와

그중에서도 하룻밤 정도 야채를 소금에 절인 뒤 담백한 양념을 넣은 '아사츠케'가 있다. 중국에는 배추나 무에 고추, 생강, 피망, 마늘을 넣은 후 소금과 식초, 설탕 등으로 절인 '파오차이'가 있으며, 필리핀과 인도네시아에는 '아차르'가 있다. 서양의 대표적인 채소 절임 음식은 오이 피클이다. 특히 독일에는 양배추를 소금에 절여 만든 '사우어크라우트'가 있는데, 발효되면 신맛이 아주 강해 서양 김치라 할 수 있다.

김치는 재료나 제조법 등에 있어 다른 채소 절임 음식들과는 매우 다른 특징을 지닌다. 예컨대 일본 '기무치'는 김치처럼 자연 발효를 시키지 않는다. 일본인은 젖산 발효로 생기는 신맛을 싫어하기 때문이다. 기무치가 김치보다 유산균 수가 훨씬 적은 까닭이다. 일본 후지TV에서 실시한 유산균 수 비교 결과를 보면 김치에는 1그램당 8억 마리가 넘는 유산균이, 기무치에는 1그램당 480만 마리의 유산균이 들어 있어 무려 167배나 차이가 났다. 김치의 또 다른 장점은 단백질이나 지방 등 열량을 내는 영양소가 적은 대신 칼슘과 인이 비교적 많이 함유돼 있다는 것이다. 서양 식단에서 가장 문제가 되는 것이 바로 칼슘과 인이 부족하다는 건데, 쌀밥과 김치만 함께 먹어도 그런 문제점을 해결할 수 있다.

2013년 12월 아제르바이잔에서 열린 제8차 유네스코 무형유산보호 정부간 위원회는 '김장, 한국의 김치를 담그고 나누는 문화Kimjang; Making and Sharing Kimchi in the Republic of Korea'
를 유네스코 인류무형유산으로 등재하였다. 이로써 한국의 대
표적인 식문화인 '김장 문화'가 전 세계인이 함께 보호하고 전
승하는 문화유산으로 자리매김하게 됐다. 독창적이고 유익한
발효 식품인 김치를 가족이 기초가 된 공동체가 함께 만드는
문화, 여러 세대에 걸쳐 이어 온 우리 고유의 문화인 '김장 문
화'가, 인류가 걸어온 위대한 족적에 그 발걸음을 포개는 순간
이다.

　　동서양을 막론하고 겨울은 모여서 먹고 마시는 파티가 많
은 계절이다. 음식과 정과 온기를 나누면서 추억을 만들어 간
다. 우리네 김장도 다른 의미에서 파티로 볼 수 있지만, 잔칫집
같이 떠들썩한 김장 문화는 서양의 파티와는 사뭇 다르다. 서
양식 파티가 여럿이 모여 음식을 나누어 먹는 행위라면, 김장
은 여럿이 모여 김치를 만듦으로써 든든한 겨울나기를 서로 빌
어 주는 잔치이다. 발효의 시간이 흘러 궁극의 맛이 우러나기
시작하면, 기나긴 겨울밤이 시작될 것이다. 매운 고집과 비린
편견이 삭고 어우러져 농익은 맛을 내는 김장 김치는, 그래서
농익은 인생의 맛과 닮았다.

오래된 미래, 그리고
〈한여름의 판타지아〉

음식은 기다림의 산물이다. 좋은 재료에 정성을 버무리고 시간
이 더해질 때 비로소 맛있는 음식이 만들어진다. 오늘도 맛있
는 밥과 마주하기 위한 기다림을 포기하지 않는 건, 이 때문이
다. 소설가 성석제가 말했듯이 "살면서 같은 밥상은 두 번 다시
오지 않는다."

서울, 서교동

지금이야 전통 부촌 평창동과 성북동과 신흥 부촌인 방배
동과 한남동과 역삼동과 청담동이 부자 동네의 상징처럼 되었
지만, 1980년대 초반까지만 해도 서교동은 가회동과 함께 마당
있는 집의 대명사였다. 그러던 것이 소위 빌라 건축 붐이 일자

너도나도 집을 팔고 서둘러 분당으로 떠났음에도, 재즈 바가 유행하고 클럽이 문을 열고 홍대 문화권이 팽창하던 2000년대 초반까지만 해도 굳건히 버티던 동네였다. 어느 곡절 많은 대통령 사저가 백 걸음 안에 있었고, 또 누구누구 여배우도 이웃에 살았으며, 유명 레게 그룹 리더도 아침 산책길에 보이는 한적한 동네였다. 그 흔한 고층 아파트 하나 없는 유서 깊은 서교동에, 2010년을 기점으로 홍대 상권에 밀린 이들이 하나둘씩 모여들어 조그만 커피숍을 열더니, 골목마다 음식점과 카페가 들어섰다. 아침이면 새소리가 들리고 이웃집 담장 너머로 핀 목련과 장미와 복사꽃 냄새를 맡을 수 있던 동네가, 매연과 불법주차 차량과 카메라 둘러멘 SNS 족들이 범람하는 시장통이 되어버린 것이다. 나는 그 모든 과정의 목격자였다. 꼬박 사십 년 동안, 그 동네 주민이었다. 그러던 어느 날…

대구, 삼덕동

삼덕동에 둥지를 튼 지 5년이 흘렀다. 매일 다니는 골목이 새롭고 정겹고 사랑스럽다. 언제부턴가 우후죽순 격으로 생겨나는 주택가 카페에 대한 우려를 우회적으로 표시한 적이 있었는데, 우려는 현실이 되고 말았다. 자고 나면 공사하는 소리가 들리고 블록마다 하나둘 주택을 개조한 카페가 탄생하는 지경이다. 대구에 정착하기 전 달마다 서너 차례 대구에 내려와서는 중구와 수성구 등의 주거 밀집지역 골목을 훑고 다녔더랬다. 어디서 살아야 조용히 살 수 있을까. 호젓한 만촌동이 마음에 들었지만, 지하철과 연계가 잘 되어 있고 시내를 도보로 횡단할 수 있는 삼덕동을 선택했다. 게다가 삼덕동은 바로 이전까지 살던 서교동과 너무나 흡사했기에 주저하지 않고 터를 잡을 수 있었다. 걸어서 십여 분이면 동성로와 대봉동과 수성교 넘어 어디라도 갈 수 있을 터였다. 서교동이 밀려드는 카페에 몸살을 앓듯이 삼덕동도 똑같은 행보를 보인다. 도시의 팽창과 구역의 상업화는 개인의 힘으로 되는 게 아니라 거점 지역과 이해관계가 얽힌 집단들이 합세해 만들어 간다는 점에서, 삼덕동은 부동산 업자나 새로운 점포를 구하는 이들에게 무척 매력적인 동네임에 분명하다. 설사 그렇다고 해도…

북창동, 라면집

오래전, 그러니까 청계천도 무사하고 피맛골도 무사하고 서울시청사도 무사하던 시절, 시청 근처에 라면집이 하나 있었다. 정확히는 플라자호텔 뒤편이다. 두 평 남짓한 크기이니 주방이랄 것도 없고 테이블도 없이 벽에 붙어 최대 세 사람이 앉을 수 있는 공간을 가진 라면집. 오직 라면만 팔았던 진짜 라면집이었다. 이 집의 '김치라면'은 가히 전설의 맛이었으니, 일인용 냄비에 끓여 나오는 라면에 알싸하게 매운 무생채를 곁들이면

이보다 맛있는 라면이 없었다. 당시 나는 오직 이 집의 김치라면을 먹기 위해 북창동행을 마다하지 않았을 정도였으니까. 일대 직장인들이 장사진을 치고 줄을 서서 먹던 이 작은 라면집은, 북창동 재개발과 함께 흔적도 없이 사라져 버렸다. 이후로도 이만한 맛을 내는 라면집을 본 적 없으니, 안타깝고 또 안타까운 일이다.

경주, 감은사지 삼층석탑

2015년 가을, 다시 경주를 찾았다. 서울 아닌 곳에서 출발한 첫 번째 경주 여행이었다. 그날 저녁, 대구에서 KTX를 타고 보문단지로 들어갔다. 호텔에 여장을 풀고 이튿날 오후 늦게 감포로 갈 계획이었다. 다음날, 보문단지에서 골굴사로 먼저 향했고, 어렵사리 콜택시를 불러 감은사지로 가게 되었다. 5년이 흘렀으니 또 많은 것이 바뀌어 있을 터였다. 한편으로 예전의 감은사지 모습이 아니면 어쩌나 하는 걱정도 들었는데, 기사의 첫마디로 모든 것은 기우임을 알아차렸다. "감은사지 가신다고요? 거길 왜 가세요? 탑 두 개 말고는 볼 게 아무것도 없는데. 주위에 아무것도 없어요." 브라보! 내가 원하는 바였다. 여전히 아무도 찾지 않고 주위에 관광단지가 형성되지 않은 황량한 벌판. 역시나 감은사지는 그랬다. 오른쪽 탑은 보수작업 중이었고 왼쪽 탑도 전보다 많이 상해 보였다. 이전보다 주위를 잘 꾸며 놓고 둔덕에 잔디도 심어 놓아 제법 문화재처럼 보였다. 날씨가 너무 좋았던 게 유일한 흠이었다. 택시를 부를 수 없어 시내버스를 탔다. 차창 너머로 감은사지 삼층석탑이 점차 멀어져 가고 있었다. 종종 아무것도 없는 풍경이 보고 싶을 때가 있다. 마음이 헛헛하거나 굳은 심지가 필요할 때면 나는 감은사지로 달려간다. 왜? 그곳엔 아무것도 없지만, 모든 게 있기 때문이다.

오래된 미래, 〈한여름의 판타지아〉

영화 촬영을 위해 일본 '고조五條' 시를 찾은 한국인 온 영화감독과 어느 여행자와 고향은 아니지만 그곳에 뿌리내린 남자와 산속 깊숙이 숨어 버린 오래된 마을 이야기. 장건재 감독의 〈한여름의 판타지아〉에서 카페 '주리' 장면은 무척 인상적이다. 중년 남자는, 그러니까 이 남자가 카페 주인과 처음 마주친 건 고등학교 시절인데, 이후로 한결같이 카페를 찾는다. 아침 일찍 일어나면 모닝 세트와 따뜻한 커피를 먹기 위해 반드시 들르는 곳. 햄 토스트와 샐러드와 달걀 프라이가 전부인 메뉴지만, 40년 단골이 전하는 이곳에 오는 이유는 간단하다. 항상 같은 것, 항상 같은 맛 때문이다. 초심을 잃지 않는다는 것. 화려하거나 북적대지 않아도 처음과 다를 바 없는 은근미를 유지한다는 것. 요즘 같은 세상에 쉬운 일은 아니다. 기본을 지키라는 상식을 외면해 낭패를 본 일이 얼마나 많았던가. 세상을 놀라게 하는 맛이 중요한 게 아니라, 어제 먹은 맛을 오늘도 변함없이 재현하는 것이 더 중요하다는 얘기다. 볼 게 없어서, 아무것도 없어서 오히려 고조 시를 선택했다는 혜정의 대답은, 특별할 것 없는 모닝 세트를 40년이나 먹은 남자의 머쓱한 연서와 같은 맥락이다. "그것밖에 없어서", 그 이유 하나로 감은사지를 찾았던 내 마음을 위무하는 대목이다.

　내 이야기는 여기까지다. 먹는 것을 좋아해서 맛있는 집을 찾아다녔고, 값을 치르고 좋은 먹거리를 찾아다니는 데 인색하지 않았던 시간이었다. 어떤 이가 말했다. 영원히 맛있는 식당이란 없다고. 맛있는 집이란 결국 '오늘 내가 맛있게 먹은 집'에 불과하다고. 세월이 흐를수록 이 말에 동의할 수밖에 없다. 너무 급하게 만들어졌다가 너무 빠르게 사라지는 세상. 어떤 것도 예외는 없다. 그런 시대에 영화 속 음식을 찾아내는 건 무의미해 보였다. 심지어 방대한 장서각에서 읽지도 못하는 라틴어 원서를 찾아야 하는 막막함 같은 시간이었다. 허영만이 『식객』에서 전한 바, "세상에서 가장 맛있는 음식은 이 세상 모든 어머니의 숫자와 동일하다"는 정의는 영화 속 음식에도 고스란히 적용될 터였다. 음식이 등장하는 영화의 숫자는 영화가 탄생한 이래 이 세상에서 만들어진 영화의 총 편수와 일치할 테니까.

음식과 관련한 한 줌 지식도 없이 시작한 막연한 작업이었으나, 누구나 쉽게 먹고 쉽게 찾을 수 있는 음식이어야 한다는 내 기준만큼은 엄격했다. 영화가 음식과 만난 맛있는 이야기. 더 깊고 우아하고 관능적인 음식과 영화 담론의 세계로 누군가가 바통을 이어받았으면 하는 바람이다. 거듭 말하건대, 은밀한 욕망을 상상력으로 분출시키는 일에 게으르지 않기를, 가장 사적이고 보편적인, 먹는 행복에 소홀하지 않기를….

수록 영화 목록

제목	감독	제작년도
가장 따뜻한 색, 블루	압둘라티프 케시시	2014
가족의 탄생	김태용	2006
강철비	양우석	2017
계몽영화	박동훈	2009
고령화 가족	송해성	2013
광해, 왕이 된 남자	추창민	2012
괴물	봉준호	2006
굿, 바이	타키타 요지로	2008
그 후	홍상수	2017
기생충	봉준호	2019
김씨 표류기	이해준	2009
나를 찾아줘	데이비드 핀처	2014
내부자들	우민호	2015
노예 12년	스티브 맥퀸	2013
동사서독	왕가위	1994
라스트 레시피	타키타 요지로	2017
마더	봉준호	2009
마더 워터	마츠모토 카나	2010
망종	장률	2006
미술관 옆 동물원	이정향	1998
밀양	이창동	2007
바람둥이 길들이기	로렌스 캐스단	1990
박하사탕	이창동	1999
반금련	김기영	1981
반두비	신동일	2009
버닝	이창동	2018
변호인	양우석	2013
보통사람들	로버트 레드포드	1980
봄날은 간다	허진호	2001
봉자	박철수	2000
북경반점	김의석	1999
비열한 거리	마틴 스콜세지	1973
살인의 추억	봉준호	2003
살인자의 기억법	원신연	2017
생선 쿠스쿠스	압델라티프 케시시	2007
설국열차	봉준호	2013
성난 황소	마틴 스콜세지	1980
소수의견	김성제	2013
송어	박종원	1999

맛있는 영화관

영화평론가 백정우의 미각 에세이

초판 1쇄 발행 2021년 5월 10일

초판 2쇄 발행 2021년 12월 13일

지은이 백정우　펴낸이 오은지

책임편집 변홍철

편집 오은지 변우빈

디자인 김은영　펴낸곳 도서출판 한티재

등록 2010년 4월 12일 제2010-000010호

주소 42087 대구시 수성구 달구벌대로 492길 15　전화 053-743-8368

팩스 053-743-8367　전자우편 hantibooks@gmail.com

블로그 blog.naver.com/hanti_books

한티재 온라인 책창고 hantijae-bookstore.com

ⓒ 백정우 2021

ISBN 979-11-90178-47-1 03810

식에 관한 고발보다 인간 사유의 부재를, 사유의 부재를 비판하는 것보다 생명에 대한 사랑을 앞에 둔 황윤에게는 오대산 첩첩산중과 가정 식탁 사이의 물리적 간극을 좁히는 것이 중요했다.

그로부터 8년, 경기도 파주를 중심으로 아프리카돼지열병이 번지기 시작했다는 뉴스가 들렸다. 백신이 없어 격리, 즉 살처분만이 유일한 방역이라는 전문가의 말도 보태졌다. 사람과 동물 할 것 없이 온 나라가 시끌벅적하다. 인간과 동물을 비교하고 가축과 야생동물을 비교하며 선후를 정하고 중요성을 논하기 십상인 화두 앞에서 여전히 황윤은 묵묵하다.

실험실에서 주방까지,
스포이트에서 포크까지
< 엘 불리: 요리는 진행 중 >

막대 사탕을 문 남자가 무엇으로 만든 것이냐고 묻자, 일본산 야광성 어류로 만든 어류 단백질이라고 답한다. 그의 입이 야광 때문에 하얗게 빛난다. 호기심 가득한 눈동자가 번뜩인다. 이어서 분주한 주방과 요리사와 서버들. 멀리 창문 안 움직임을 찍은 롱 숏에 이어지는 한적하고 평화로운 아침 풍경. 스페인 카탈루냐 북동부 해안가에 위치한 소박하고 정겨운 지중해풍 건축물. 이곳이 『미슐랭 가이드』 최고 등급 '별 셋'을 14년간 유지하면서 영국의 음식 전문지 『레스토랑 매거진』 선정 세계 최고 레스토랑 타이틀을 5회나 거머쥔, 전 세계 미식가들의 성지 '엘 불리El Bulli'이다. 앞서 질문을 한 남자는, 네 시간 동안 서른 다섯 가지 요리를 내는(그런데 가격은 뜻밖에 저렴한) '엘 불리'의 오너 셰프이자, 피에르 가니에르, 조엘 로부숑, 고든 램지를 능가 하는 세계 최고의 요리사 페란 아드리아이다.

아침부터 페란 아드리아의 주방이 분주하다. 6개월간의 휴업을 위한 이사 준비 때문이다. 엘 불리는 6개월 휴업 기간 동안 바르셀로나로 이동해 다음 시즌에 내놓을 새 메뉴 개발에 들어간다. 모든 조리 기구와 테이블 웨어와 심지어 액자까지, 이 모든 것이 이사할 물건들이다. 이제 페란과 동료들은 지구 상에서 단 한 번도 선보인 적 없는 요리를 만들어 낼 것이다. 엘 불리는 누구도 만든 적 없는 음식을 손님에게 내왔으니까. 이처럼 다큐멘터리 〈엘 불리: 요리는 진행 중〉은 세계 최고 레스토랑의 이사 장면으로 문을 연다.

1990년대가 되면 해외 레스토랑을 중심으로 '분자 가스트로노미Molecular gastronomy' 즉 분자 요리법이 등장한다. 분자 요리라. 엘 불리를 처음 들어 본 사람도, 페란 아드리아라는 이름이 생소한 이들도, 분자 요리라는 말은 접해 보았을 것이다. '식탁 위의 과학'이라 불리는 분자 요리법은 기존에 없던 방법으로 새로운 요리를 시도하는 것이라고 이해하면 된다. 분자 요리법이 등장하면서 과학 실험실에서 사용하는 실험 기구가 조리 기구로 탈바꿈했고, 아무도 경험한 적 없는 요리가 식탁에 오르기 시작한다. 더러는 여기서 요리의 미래를 발견했다. 인류가 맛있는 요리를 만들기 위해 과학과 손잡기 시작한 것이다. 이런 변혁의 시대에 나타난 인물이 페란 아드리아이다.

엘 불리를 유명하게 만든 조리법 중 하나는 '에스푸마'이다. 에스푸마는 거품을 말한다. 아산화질소가 충전되도록 개량한 소다기에 액체로 된 식재료를 넣고 쏘아 거품으로 바꾸는 것이다. 거품을 만들어 내는 기구인 사이폰를 사용하면서, 거품이 나지 않는 식자재, 강낭콩이나 허브 등을 에스푸마로 만들어 낼 수 있었다. 다른 차원의 요리를 선보일 수 있게 된 것이다. 식재료를 볶거나 삶거나 튀기거나 찌거나 불리는, 조리 방식 차이에 따른 변화가 아닌, 조리 기구의 혁신을 통해 재료의 본질이 바뀌고 완전히 새로운 요리로 탄생할 수 있음을 보여 준 사례다. 에스푸마 덕분에 엘 불리는 단숨에 세계 최고 레스토랑 반열에 오른다. 다큐멘터리에서 페란은 신입 요리사들에게 말한다. 지금은 질소 가스를 무엇에 쓰냐고 말하겠지만, 며칠만 지나면 설거지하듯 질소를 가까이 대하게 될 거라고.

페란은 식재료 선별 못지않게 조리 도구를 중요하게 여긴다. 전통 방식과 고정관념을 부수고 그 위에 요리의 신세계를 구축한다. 페란은 삼각플라스크와 스포이트, 감압기와 소다 사이폰 등을 자연스레 주방으로 가지고 들어온 혁명가답게 "사람의 오감을 모두 자극하며 사람의 뇌를 깜짝 놀라게 하는 요리를 표방한다"고 말한다. 이를테면 민트 설탕으로 만든 요리는 식사 끝에 내야 한다면서, 네 시간 가까운 식사라면 마지막엔 놀라움과 충격을 안겨 줘야 한다고, 그러지 않으면 손님이 지루해 할 거라고 말이다. 새로운 소재와 기구 때문에 페란의 요리가 과학적으로 보이는 건 당연한 일일 터. 하지만 정작 그는 과학과 조리 과정에서 일어나는 화학작용에는 관심이 없어 보인다. 그 때문인지 페란의 요리를 '식자재 모독'이라고까지 비난하는 목소리도 있었다. 그러나 짚고 넘어가야 할 중요한 지점 하나. 페란은 놀라움과 창조에 앞서 요리는 맛있어야 한다는 본령을 잊지 않는다는 것. 예컨대 메뉴 개발 시식회에서 페란이 질문하는 건 "어떤 재료를 사용했느냐?"이고, 마지막 대답은 "맛있다"와 "맛이 없다"로 갈린다.

제아무리 과학을 앞세우고 첨단 조리 기구와 최고의 식재료를 사용했더라도 맛이 없으면 별무소용이다. 일본 최고의 요리사 중 한 명인 나카무라 모토카즈는 말한다. "어떤 새로운 기술을 사용하든 손님이 맛있게 먹지 않으면 아무 의미가 없습니다. 손님이 '이 음식 맛있네요, 어떻게 만들어요?' 하고 물었을 때에야 비로소 '실은 이러저러한 과학기술로 만들었습니다' 하고 밝히는 것이지, 손님이 음식을 들기도 전에 새로운 과학적 조리법 운운하면서 설명을 앞세우는 것은 촌스러운 짓입니다."

서울 강남에 자리한 분자 요리 전문점에서의 씁쓸한 기억. 뭔가 과학을 요리에 접목했다는 걸 알리려고 안간힘 쓴 흔적이 음식 곳곳에 배어 있었으나, 그게 다였다. 기대는 실망으로 바뀌었고 셈을 치르고 나와서는 다시 뒤돌아보지 않았다. 비싼 가격과 달리 맛있지도 않았고, 심지어 요리를 설명하는 종업원 목소리가 너무 컸다는 기억밖에는 나질 않는다. 요리는 곧 맛이라는 대전제가 깔려 있지 않다면, 굳이 비싸고 유명한 레스토랑을 찾을 이유는 없다.

비슷한 예로 종종 한국 전통 음식점 혹은 식자재 고유의 맛을 살렸다는 웰빙 음식점에 가면, 어김없이 주인의 자부심 넘치는 설명에 맞닥뜨리게 된다. 문제는 그렇게 현란한 설명 뒤에 나온 음식이 맛이 없다는 것. 참말로 난감하다(이런 곳일수록 반드시 주인이 나타나 맛이 어떠냐고 물어본다). 몇 년 묵은 무엇으로 만들었는지, 얼마나 정성을 다했는지는 내게 중요하지 않다. 나는 맛있는 음식이 먹고 싶다는 말이다.

다시 엘 불리로 돌아가자. 페란 아드리아의 성공은 단순히 요행수가 아니다. 희한하고 기묘한 요리를 만들어 내는 것, 이전과 전혀 다른 메뉴를 해마다 선보이면서 맛 또한 세계 최고 수준을 유지하는 것은 쉽게 얻을 수 있는 결과가 아니다. 이를테면 남과 다른 세 가지 원칙을 고수함으로써 이런 결실을 획득한 것이다.

첫째, 오픈 소스. 다큐멘터리 〈엘 불리: 요리는 진행 중〉을 통해 확인할 수 있듯이, 페란은 새로운 조리법을 완전히 공개한다. 재료와 도구와 개발 과정, 심지어 실패하는 과정까지 모든 정보를 데이터베이스로 구축하는 시스템을 운영한다. 다큐멘터리에서 시즌 막바지, 이제껏 개발한 요리의 데이터가 날아가자 페란은 불같이 화를 낸다. 오른팔 셰프가 컴퓨터에선 날아갔어도 노트에 전부 기록되어 있다고 해도, 페란에게 컴퓨터에 저장되어 있지 않은 정보는 의미가 없다. 그래서는 공유할 수 없기 때문이다.

둘째, 집단 지식. 페란과 동료들은 모든 요리 개발 과정을 함께한다. 창의적이고 예술적인 요리의 원천은 동료들과의 협업에서 만들어진다. 그에게 팀워크는 생명이다. 새 시즌, 레스토랑 오픈을 앞둔 직원 미팅에서 그는 말한다. 어떤 요리가 손님 테이블에 나갈지 아무도 모른다고. 앞으로도 200여 가지 요리가 개발될 예정이며, 여러분은 자연스레 그것을 알고 터득하게 될 거라고. 페란을 동경하며 전 세계에서 모여든 요리사 지망생 5천 명 중 그와 함께 엘 불리를 움직이는 동료의 영광을 얻는 이는 고작 35명 안팎이다. 그는 젊은 요리사들의 희망이기도 하다.

셋째, 타 분야와 융합. 21세기는 융합의 시대다. 다른 분야와의 협업을 통해 새로운 지식을 습득하고 요리에 적용하는 과감한 시도를 해 왔다.

세 가지를 오랜 기간 체화하는 과정에서 자기 능력을 믿고 동료를 신뢰하며 타 분야와의 협업을 두려워하지 않는 열린 마음이 생겼을 터. 그의 창의적 발상은 혁신을 넘어 혁명에 가깝다. 시대와 시류를 읽는 감각도 탁월하다. 다큐멘터리에서 페란은 '세계 물의 해'를 맞아 손님에게 물을 내자고(엘 불리에 갔더니 뭐가 나왔냐고 묻는다면 "물이 나왔어"라고 대답하게 만들자는 것) 제안한다. 그래서 얼음호수라 이름 붙인 요리가 만들어진다. 디저트용

볼 형상으로 얼리고 윗면에 재료를 뿌려서 내면, 손님은 티스푼으로 얼음장을 깨듯 상판을 톡톡 쳐서 내용물을 시원하게 먹는 요리다. 기발하면서도 시의적절. 그와 호흡을 맞춘 엘 불리 출신의 요리사가 세계적 레스토랑을 일구는 건 전혀 놀랄 일이 아니다.

〈엘 불리: 요리는 진행 중〉에서 페란은 손님 테이블에 나가는 모든 음식을 가장 먼저 시식한다. 요리사도 먹고 싶지 않은 음식을 손님이 먹고 싶겠냐는 게 그 이유이다. 포크와 숟가락만으로 요리의 장단점을 식별해 내어 개선과 수정을 지시하는 그의 모습은 소국의 절대군주로 보인다. 하지만 그에게서 친근한 동료이자 열정 넘치는 연구자의 모습을 발견하기란 어렵지 않다. 페란의 절대 미각과 통찰은 동료들의 자연스런 수긍과 인정을 얻어 낸다. 누구도 그보다 앞서 생각하지 못하고, 그는 언제나 누구보다 부지런하다. 한 편의 다큐멘터리가 주는 감흥은 다양하다. 〈엘 불리: 요리는 진행 중〉은 페란 아드리아와 엘 불리에 관한 이야기이지만, 21세기 기업의 문제로 가지고 와도 손색없다. 아니, 어떤 경영 지침서보다 탁월하다. 그러니까 논점은 이것이다. 먼저 자신의 능력을 키워라. 그리고 타인과 내 실력을 기꺼이 공유하라. 누구도 넘보지 못할 위치에 오를 수 있을 것이다. 내 자신에 대한 능력을 믿는다면 타인을 위협으로 느끼지 않는 것과 같은 이치다. 그래야 정보와 지식을 공개하고 모든 걸 직원과 나눌 수 있을 것 아닌가. 페란 아드리아는 그것을 받아들였고 당당하게 최고가 되었다.

분자 요리 이야기를 조금 보태자면, 헤스톤 블루멘탈이라는 이름도 기억해야 한다. 영국 출신의 요리사인 블루멘탈 역시 페란처럼 참신한 요리를 마음껏 펼치는 분자 요리 대가이다. 그의 식당은 영국 요크셔 주에 위치한 '팻덕The Fat Duck'이다. 2005년 세계 최고의 식당으로 꼽힌 곳. 블루멘탈이 페란과 다른 점은 과학에 대한 관심과 기여도이다. 즉 블루멘탈은 대학 교수들과 토론하고 공부하면서 요리 관련 논문을 발표했고 명예학위도 받았다. 페란이 자기 주방을 '아틀리에'라고 부르는 데 반해, 블루멘탈은 '실험실'이라 부른다. 페란은 요리를 예술로 생각하고, 블루멘탈은 과학으로 생각한다는 방증이다. 페란의 고향 카탈루냐는 가우디와 피카소와 카살스를 낳은 예술의 고장이고, 블루멘탈은 패러데이와 뉴턴이 탄생한 과학의 고장에서 태어났다. 우연치고는 묘하고 신기하다.

페란 아드리아의 엘 불리는 세계에서 가장 예약하기 힘든 레스토랑으로 명성을 떨쳤다. 그러나 페란은 2011년 돌연 레스토랑 문을 닫는다. 그러고는 2014년 엘 불리 재단을 설립했다. 정점에서 내려와 새로운 도전을 시작한 것이다. 나는 그가 무엇을 하든 잘 해낼 것이라 믿는다. 〈엘 불리: 요리는 진행 중〉에서 만난 페란은 단순한 요리사가 아니다. 그는 지혜롭고 부지런하며 직접 몸으로 익히고 느낀 것을 수치화시켜 좋은 영향력을 제공하려는 탁월한 인물이었다. 분자 요리가 대단한 건, 모양과 맛이 아닌 요리를 탄생시키기까지의 시간과 노력과 창조적 사고의 집합이라는 점에서다.

김치와 김장 이야기
< 망종 >, < 식객: 김치 전쟁 >

악인이여, 지옥행 김치 맛을 보아라!

타국에 가면 가장 생각나는 음식이 김치라고 했다. 요즘 아이들도 그런지 모르겠으나, 1970~80년대엔 맛있는 김치 하나만 있으면 밥 한 그릇 해치울 수 있다고 말했다. 솔직히 고백하자면 나는 김치 없이 밥을 먹을 순 있어도 김치 없는 라면은 상상해 본 적이 없다. 어쨌거나 밥이든 라면이든, 한국인의 소울 푸드 중 으뜸으로 치는 것이 김치라는 데 이의를 제기할 사람은 없을 것이다. 그런데, 제목이 왜 이런가. 내가 붙이고도 영 찝찝하다. 지옥행 김치 맛이라니, 무슨 사연이 있어 보인다. 얘기는 이렇다.

서른두 살 최순희. 길림성 연길시 출신 조선족이다. 남편은 돈 때문에 살인하여 감옥에 갔고, 홀로 아들 창호를 키운다. 기찻길 옆 다 허물어져 가는 공동주택(이라고 부르기도 민망한 수준의 아무것도 없이 벽만 세운)이 순희와 창호의 공간이다. 순희는 손수 담근 김치를 삼륜차에 싣고 노점상을 한다. 당연히 무허가이다. 어느 날, 자동차 공장 검사원인 조선족 김 씨와 가까워진다. 둘은 내연관계로 발전하고 수시로 통정한다. 운전학원 식당 관리원 수 씨도 순희에게 호의를 베푸는 한편 대가를 요구한다. 순희와의 외도가 탄로 난 김 씨는 연애가 아니라 돈을 주고 산 거라며 순희를 매춘부로 몰아 버린다. 여기서 끝났다면 그나마 나았을 텐데. 평소 순희에게 호의를 베푼 공안마저 풀어주는 조건으로 그녀의 몸을 취한다. 공안의 결혼식 잔치에 쓸 김치를 주문 받은 순희는 쥐약을 푼 김치를 만든다. 다음은 굳이 말하지 않아도 될 듯하다. 장률 감독의 〈망종〉이다.

남편 없이 홀로 사는 '여자이면서 조선족'인 순희의 삶은 고달프다. 소수민족이자 여성이고 싱글맘이다. 이중 삼중 소외에 놓였다. 장률의 영화가 그렇듯이 '그 지역에서 살아가기'는 〈망종〉의 중요한 화두다. 그리하여 조선족 여자의 홀로서기는 가능할 것인가, 혹은 어떻게 살아남을 것인가. 때문인지 〈망종〉은 오직 살기 위한 이방인의 분투에 집중한다. 순희의 생계 수단은 김치 장사이다. 허가가 없다 보니 삼륜차를 압수당하기 일쑤다. 아들은 TV를 조르고 주위 남성들은 끊임없이 순희의 몸을 요구한다. 고단한 삶이 개선될 리 만무하다. 선량하고 이타적인 조선족 여인이 벌이는 자기 방식의 복수극이 시작될 찰나다. 울고 싶은 놈 뺨 때린다던가. 동포이자 애인에게 배신당해 매춘부로 몰린 것도 분통 터질 일인데 믿었던 공안마저 자신의 몸을 범할 때, 서사는 극단으로 치닫는다. 느리고 지루할 수도 있는 영화이지만 엔딩이 보여주는 롱 테이크는 비로소 자유를 찾은 순희의 몸짓을 통해 관객의 답답함을 해소시켜 준다.

경계에 놓인 삶. 영화는 기차 승강장으로 가기 위해 체온을 측정하는 일종의 역사(하루 종일 잠만 자는 무능한 직원과 책상 하나만 덩그러니 놓인) 같은 장소를 수차례 보여준다. 머무는 사람도 없고 시시껄렁한 농담을 주고받지도 않는다. 그곳을 통과하는 이도 몇 사람 안 된다. 문 바깥 세계를 정확하게 보여주지도 않는다. 이쪽과 저쪽 세계의 경계점. 지금 여기 사는 것조차 버거운 이들에게 저쪽의 삶까지 궁금해 할 여유는 없다. 들어오는 사람만 보이고 풍경이 보이지 않던 그 너머의 삶을 영화는 마지막에서야 보여 준다. 푸른 풀밭과 넓게 펼쳐진 어떤 공간. 아마도 그 길을 계속 따라가다 보면 떠나온 고향을 만날지도 모른다. 디아스포라의 지형도를 깨고 나오는 순간에서야 만날 수 있던 장면이다. 카메라가 순희의 뒷모습을 쫓을 때 이전까지 느리고 답답하던 마음은 온데간데없이 가볍고 활력 넘친다. 활주로를 질주하는 비행기처럼 곧 이륙할 태세다. 아득한 풍광이고 황홀한 순간이다. 날아갈 것 같은 몸놀림이 순희의 뒷모습에 자유를 선사할 때 카메라는 조용히, 그러나 힘차게 이 여인을 민족과 젠더로부터 분리시킨다. 적어도 이 순간만큼은 해방이고 자유이다. 그녀는 막 김치와 결별했다.

영화는 순희가 김치 담그는 장면을 보여 주지 않는다. 그녀는 매일 밤새워 김치를 만들었을 테지만 관객은 볼 수 없다. 우리 눈으로 확인 가능한 건 기껏해야 무와 재료를 물에서 씻는 장면 정도이다. 속을 버무리거나 배추를 절이는 장면도 없다. 그래서인지 순희의 김치가 궁금하다. 어떤 맛일지 말이다.

한편 〈망종〉 개봉 후 1년 뒤, 한식의 세계화를 부르짖는 대통령이 등장하자 〈식객: 김치 전쟁〉이 만들어진다. 일본 방문에서 김치라고 생각한 기막힌 음식이 '기무치'인 걸 알고는, 한국 김치의 세계화를 위한 최고 김치 명인을 뽑기로 한다. 그 과정에서 벌어지는 이야기를 그린 영화다. 허영만 화백의 만화가 원작이고 만화가 훨씬 재미있다는 게 유일한 흠이려나.

〈망종〉에는 김치를 만드는 과정이 전혀 나오지 않는 반면, 〈식객: 김치 전쟁〉에는 맛있는 김치를 만들기 위한 고수들의 노력이 담겨 있다. 당연히 맛깔스런 김치의 향연이다. 그런데도 한입 베어 물고 싶은 욕망은 생기지 않았다. 하나같이 외부자의 시선으로 버무려 낸 김치라서 그렇다. 순희의 김치가 품은 그리움이 이 영화엔 없다. 외국인이 보기에 맛있어 보이는 김치 만들기에 골몰한 결과이다. 한민족 고유의 맛이 아닌, 외국 사람 입을 의식한 김치 만들기로 허장성세를 과시한 영화는 최종 라운드에서 (가장 한국적인 맛을 지닌) 어머니의 김치를 선보인 성찬에게 우승을 안긴다. 아이러니의 연속이다.

순희에게 김치는 민족의 다른 표식이다. 삼륜차에 '조선포

채^{朝鮮泡菜}'라고 써 붙이고 김치를 팔 때 그녀의 김치는 생계 이상의 상징을 획득한다. 때문에 김치를 사는 사람 누구도 김치를 시험 삼아 맛보지 않는다. 누구도 김칫값을 흥정하지 않는다. 조선족에게도 중국인에게도 최순희의 김치는 그 자체로 귀한 음식이기 때문이다. 맛은 부차적이란 얘기다. 심지어 순희의 식탁에도 김치는 없다. 그러니까 순희와 김치를 동격으로 인식하는 것. 조선족인 그녀에게 가해지는 편견과 핍박도 특별한 게 아니다(라고 감독은 말한다). 무심하고 무정한 사람들과 건조함으로 에워싼 풍경이 순희의 가련한 처지에 당위성을 더할 뿐이다. 즉 그녀와 아들은 이방인의 고립된 삶을 표상한다. 그러니까 〈망종〉에서 순희의 김치는 곧 조선족이다. 정체성이고 자존심이며 최후의 보루이다. 공안에게 몸을 준 후에 아들에게 공부할 필요 없다며 한글 카드를 찢어 버리는 장면은, 김치에 독을 타면서 정점을 찍고, 순희는 민족과 여성의 굴레를 벗어나기에 이른다.

〈망종〉을 처음 보았을 때의 느낌은 충격 그 자체였다. 김치에 독을 타다니. 김치로 마을 사람을 모두 죽이겠다니. 왜 안 그러했겠는가. 다른 음식도 아니고 한국 고유 음식인 김치에 독을 풀어 중국인에게 복수한다는 설정은 감독 자신이 조선족이어서 가능했을 터이지만, 그래도 쉬운 결정은 아니었을 것이다. 그 아니면 누가 감히 조국의 맛, 고향의 맛, 어머니의 맛을 훼손하는 시도를 할 수 있단 말인가. 김치의 우수성을 알리고 세계인의 입맛을 사로잡겠다는 야심찬 시도가 속속 모습을 드러내던 시절에 김치가 복수극의 직접 살해 도구가 되었다는 사실만으로도 〈망종〉은 기억할 가치가 충분하다. 이때부터 장률의 영화는 경계를 넘어 할아버지 나라를 향하기 시작한다.

든든한 겨울나기를 위한 모두의 잔치, 김장

꽉 찬 배추와 잘 삭은 새우와 빨갛게 옷을 입힐 잘 말린 고추. 남은 것은 이 모든 한 해의 수확을 버무려 한바탕 잔치를 치르는 일. '김장'이다. 한국인에게 김치란, 그리고 김장이란 고향과 어머니와 가족의 얼굴이 교차되며 추억과 향수를 부르는 이름이다. 겨울 준비를 하는 마지막 식량이 김장 김치다.

김장에 관한 최초의 기록은 고려시대 이규보가 쓴 『동국이상국집』에 "무와 오이를 절여 동지에 대비한다"는 문헌으로 등장한다. 오랜 역사만큼이나 김장은 한국인에게 특별한 위상을 지닌다. 1970년대까지만 해도 본격적인 추위가 닥치기 전에 각 가정은 연료와 함께 김장을 해 둬야 했다. 대도시라고 다르지 않았다. 겨울 준비로 연탄과 김장을 첫손에 꼽았다. 뜨끈한 아랫목을 책임질 연탄이 층층이 쌓이고 김장 김치를 마당에 묻으면서 겨울맞이가 시작되었던 것이다. 김장 김치를 짧게는 4~5개월, 길게는 1년 내내 먹어야 하기 때문에 집집마다 배추

수백 포기와 무 수백 개를 김장으로 담갔다. 김장하는 날은 온 동네가 잔칫날 같았다. 이웃끼리 또는 마을 공동체를 중심으로 서로 김장에 손을 빌려 주는 '김장 품앗이' 문화도 이어졌다.

〈식객: 김치 전쟁〉에는 김장 김치를 담그는 여염집 분위기를 설명하는 장면이 나온다. 그러니까 김장하는 날은 시어머니도 며느리 눈치를 봐야 했다는 것. 김장의 관건은 마인드 컨트롤이라는 얘기다. 화가 나거나 심기가 불편해지면 체내 혈중 염분 농도에 이상이 생겨 미각을 교란시킬 수도 있다는 주장이다. 김치를 만드는 게 얼마나 예민한 작업인지를 알려 주는 대목이다.

과거 김장은 배추를 직접 구입하여 소금에 절이고 다시 씻어서 물을 빼는 중노동으로 시작했다. 배추와 소금의 조화가 핵심이었다. 넣기와 빼기의 미학이다. 여기에 무채와 새우젓, 굴, 고춧가루를 버무린 양념을 배춧잎 사이사이에 집어넣고 독에 담아 땅속에 묻으면 김장은 끝이 난다. 그리고 방금 담근 겉절이 김치에 돼지고기 수육을 곁들여 막걸리 한 사발로 행복한 노동을 마무리했다. 최근에는 김장을 온 가족이 함께할 수 있는 '놀이'로 인식하기 시작한 사회 분위기에 맞춘 듯, 절임 배추와 김치 양념이 등장했다.

김치류의 채소 절임 음식은 전 세계 많은 나라에서 오래전부터 먹어 왔다. 일본에는 전통 채소 절임 음식인 '츠케모노'와

그중에서도 하룻밤 정도 야채를 소금에 절인 뒤 담백한 양념을 넣은 '아사츠케'가 있다. 중국에는 배추나 무에 고추, 생강, 피망, 마늘을 넣은 후 소금과 식초, 설탕 등으로 절인 '파오차이'가 있으며, 필리핀과 인도네시아에는 '아차르'가 있다. 서양의 대표적인 채소 절임 음식은 오이 피클이다. 특히 독일에는 양배추를 소금에 절여 만든 '사우어크라우트'가 있는데, 발효되면 신맛이 아주 강해 서양 김치라 할 수 있다.

김치는 재료나 제조법 등에 있어 다른 채소 절임 음식들과는 매우 다른 특징을 지닌다. 예컨대 일본 '기무치'는 김치처럼 자연 발효를 시키지 않는다. 일본인은 젖산 발효로 생기는 신맛을 싫어하기 때문이다. 기무치가 김치보다 유산균 수가 훨씬 적은 까닭이다. 일본 후지TV에서 실시한 유산균 수 비교 결과를 보면 김치에는 1그램당 8억 마리가 넘는 유산균이, 기무치에는 1그램당 480만 마리의 유산균이 들어 있어 무려 167배나 차이가 났다. 김치의 또 다른 장점은 단백질이나 지방 등 열량을 내는 영양소가 적은 대신 칼슘과 인이 비교적 많이 함유돼 있다는 것이다. 서양 식단에서 가장 문제가 되는 것이 바로 칼슘과 인이 부족하다는 건데, 쌀밥과 김치만 함께 먹어도 그런 문제점을 해결할 수 있다.

2013년 12월 아제르바이잔에서 열린 제8차 유네스코 무형유산보호 정부간 위원회는 '김장, 한국의 김치를 담그고 나누는 문화Kimjang; Making and Sharing Kimchi in the Republic of Korea'를 유네스코 인류무형유산으로 등재하였다. 이로써 한국의 대표적인 식문화인 '김장 문화'가 전 세계인이 함께 보호하고 전승하는 문화유산으로 자리매김하게 됐다. 독창적이고 유익한 발효 식품인 김치를 가족이 기초가 된 공동체가 함께 만드는 문화, 여러 세대에 걸쳐 이어 온 우리 고유의 문화인 '김장 문화'가, 인류가 걸어온 위대한 족적에 그 발걸음을 포개는 순간이다.

　　동서양을 막론하고 겨울은 모여서 먹고 마시는 파티가 많은 계절이다. 음식과 정과 온기를 나누면서 추억을 만들어 간다. 우리네 김장도 다른 의미에서 파티로 볼 수 있지만, 잔칫집 같이 떠들썩한 김장 문화는 서양의 파티와는 사뭇 다르다. 서양식 파티가 여럿이 모여 음식을 나누어 먹는 행위라면, 김장은 여럿이 모여 김치를 만듦으로써 든든한 겨울나기를 서로 빌어 주는 잔치이다. 발효의 시간이 흘러 궁극의 맛이 우러나기 시작하면, 기나긴 겨울밤이 시작될 것이다. 매운 고집과 비린 편견이 삭고 어우러져 농익은 맛을 내는 김장 김치는, 그래서 농익은 인생의 맛과 닮았다.

오래된 미래, 그리고
〈한여름의 판타지아〉

음식은 기다림의 산물이다. 좋은 재료에 정성을 버무리고 시간이 더해질 때 비로소 맛있는 음식이 만들어진다. 오늘도 맛있는 밥과 마주하기 위한 기다림을 포기하지 않는 건, 이 때문이다. 소설가 성석제가 말했듯이 "살면서 같은 밥상은 두 번 다시 오지 않는다."

서울, 서교동

지금이야 전통 부촌 평창동과 성북동과 신흥 부촌인 방배동과 한남동과 역삼동과 청담동이 부자 동네의 상징처럼 되었지만, 1980년대 초반까지만 해도 서교동은 가회동과 함께 마당 있는 집의 대명사였다. 그러던 것이 소위 빌라 건축 붐이 일자

너도나도 집을 팔고 서둘러 분당으로 떠났음에도, 재즈 바가 유행하고 클럽이 문을 열고 홍대 문화권이 팽창하던 2000년대 초반까지만 해도 굳건히 버티던 동네였다. 어느 곡절 많은 대통령 사저가 백 걸음 안에 있었고, 또 누구누구 여배우도 이웃에 살았으며, 유명 레게 그룹 리더도 아침 산책길에 보이는 한적한 동네였다. 그 흔한 고층 아파트 하나 없는 유서 깊은 서교동에, 2010년을 기점으로 홍대 상권에 밀린 이들이 하나둘씩 모여들어 조그만 커피숍을 열더니, 골목마다 음식점과 카페가 들어섰다. 아침이면 새소리가 들리고 이웃집 담장 너머로 핀 목련과 장미와 복사꽃 냄새를 맡을 수 있던 동네가, 매연과 불법주차 차량과 카메라 둘러멘 SNS 족들이 범람하는 시장통이 되어버린 것이다. 나는 그 모든 과정의 목격자였다. 꼬박 사십 년 동안, 그 동네 주민이었다. 그러던 어느 날…

대구, 삼덕동

삼덕동에 둥지를 튼 지 5년이 흘렀다. 매일 다니는 골목이 새롭고 정겹고 사랑스럽다. 언제부턴가 우후죽순 격으로 생겨나는 주택가 카페에 대한 우려를 우회적으로 표시한 적이 있었는데, 우려는 현실이 되고 말았다. 자고 나면 공사하는 소리가 들리고 블록마다 하나둘 주택을 개조한 카페가 탄생하는 지경이다. 대구에 정착하기 전 달마다 서너 차례 대구에 내려와서는 중구와 수성구 등의 주거 밀집지역 골목을 훑고 다녔더랬다. 어디서 살아야 조용히 살 수 있을까. 호젓한 만촌동이 마음에 들었지만, 지하철과 연계가 잘 되어 있고 시내를 도보로 횡단할 수 있는 삼덕동을 선택했다. 게다가 삼덕동은 바로 이전까지 살던 서교동과 너무나 흡사했기에 주저하지 않고 터를 잡을 수 있었다. 걸어서 십여 분이면 동성로와 대봉동과 수성교 넘어 어디라도 갈 수 있을 터였다. 서교동이 밀려드는 카페에 몸살을 앓듯이 삼덕동도 똑같은 행보를 보인다. 도시의 팽창과 구역의 상업화는 개인의 힘으로 되는 게 아니라 거점 지역과 이해관계가 엮인 집단들이 합세해 만들어 간다는 점에서, 삼덕동은 부동산 업자나 새로운 점포를 구하는 이들에게 무척 매력적인 동네임에 분명하다. 설사 그렇다고 해도…

북창동, 라면집

오래전, 그러니까 청계천도 무사하고 피맛골도 무사하고 서울시청사도 무사하던 시절, 시청 근처에 라면집이 하나 있었다. 정확히는 플라자호텔 뒤편이다. 두 평 남짓한 크기이니 주방이랄 것도 없고 테이블도 없이 벽에 붙어 최대 세 사람이 앉을 수 있는 공간을 가진 라면집. 오직 라면만 팔았던 진짜 라면집이었다. 이 집의 '김치라면'은 가히 전설의 맛이었으니, 일인용 냄비에 끓여 나오는 라면에 알싸하게 매운 무생채를 곁들이면

이보다 맛있는 라면이 없었다. 당시 나는 오직 이 집의 김치라면을 먹기 위해 북창동행을 마다하지 않았을 정도였으니까. 일대 직장인들이 장사진을 치고 줄을 서서 먹던 이 작은 라면집은, 북창동 재개발과 함께 흔적도 없이 사라져 버렸다. 이후로도 이만한 맛을 내는 라면집을 본 적 없으니, 안타깝고 또 안타까운 일이다.

경주, 감은사지 삼층석탑

2015년 가을, 다시 경주를 찾았다. 서울 아닌 곳에서 출발한 첫 번째 경주 여행이었다. 그날 저녁, 대구에서 KTX를 타고 보문단지로 들어갔다. 호텔에 여장을 풀고 이튿날 오후 늦게 감포로 갈 계획이었다. 다음날, 보문단지에서 골굴사로 먼저 향했고, 어렵사리 콜택시를 불러 감은사지로 가게 되었다. 5년이 흘렀으니 또 많은 것이 바뀌어 있을 터였다. 한편으로 예전의 감은사지 모습이 아니면 어쩌나 하는 걱정도 들었는데, 기사의 첫마디로 모든 것은 기우임을 알아차렸다. "감은사지 가신다고요? 거길 왜 가세요? 탑 두 개 말고는 볼 게 아무것도 없는데. 주위에 아무것도 없어요." 브라보! 내가 원하는 바였다. 여전히 아무도 찾지 않고 주위에 관광단지가 형성되지 않은 황량한 벌판. 역시나 감은사지는 그랬다. 오른쪽 탑은 보수작업 중이었고 왼쪽 탑도 전보다 많이 상해 보였다. 이전보다 주위를 잘 꾸며 놓고 둔덕에 잔디도 심어 놓아 제법 문화재처럼 보였다. 날씨가 너무 좋았던 게 유일한 흠이었다. 택시를 부를 수 없어 시내버스를 탔다. 차창 너머로 감은사지 삼층석탑이 점차 멀어져 가고 있었다. 종종 아무것도 없는 풍경이 보고 싶을 때가 있다. 마음이 헛헛하거나 굳은 심지가 필요할 때면 나는 감은사지로 달려간다. 왜? 그곳엔 아무것도 없지만, 모든 게 있기 때문이다.

오래된 미래, 〈한여름의 판타지아〉

영화 촬영을 위해 일본 '고조五條' 시를 찾은 한국에서 온 영화감독과 어느 여행자와 고향은 아니지만 그곳에 뿌리내린 남자와 산속 깊숙이 숨어 버린 오래된 마을 이야기. 장건재 감독의 〈한여름의 판타지아〉에서 카페 '주리' 장면은 무척 인상적이다. 중년 남자는, 그러니까 이 남자가 카페 주인과 처음 마주친 건 고등학교 시절인데, 이후로 한결같이 카페를 찾는다. 아침 일찍 일어나면 모닝 세트와 따뜻한 커피를 먹기 위해 반드시 들르는 곳. 햄 토스트와 샐러드와 달걀 프라이가 전부인 메뉴지만, 40년 단골이 전하는 이곳에 오는 이유는 간단하다. 항상 같은 것, 항상 같은 맛 때문이다. 초심을 잃지 않는다는 것. 화려하거나 북적대지 않아도 처음과 다를 바 없는 은근미를 유지한다는 것. 요즘 같은 세상에 쉬운 일은 아니다. 기본을 지키라는 상식을 외면해 낭패를 본 일이 얼마나 많았던가. 세상을 놀라게 하는 맛이 중요한 게 아니라, 어제 먹은 맛을 오늘도 변함없이 재현하는 것이 더 중요하다는 얘기다. 볼 게 없어서, 아무것도 없어서 오히려 고조 시를 선택했다는 혜정의 대답은, 특별할 것 없는 모닝 세트를 40년이나 먹은 남자의 머쓱한 연서와 같은 맥락이다. "그것밖에 없어서", 그 이유 하나로 감은사지를 찾았던 내 마음을 위무하는 대목이다.

내 이야기는 여기까지다. 먹는 것을 좋아해서 맛있는 집을 찾아다녔고, 값을 치르고 좋은 먹거리를 찾아다니는 데 인색하지 않았던 시간이었다. 어떤 이가 말했다. 영원히 맛있는 식당이란 없다고. 맛있는 집이란 결국 '오늘 내가 맛있게 먹은 집'에 불과하다고. 세월이 흐를수록 이 말에 동의할 수밖에 없다. 너무 급하게 만들어졌다가 너무 빠르게 사라지는 세상. 어떤 것도 예외는 없다. 그런 시대에 영화 속 음식을 찾아내는 건 무의미해 보였다. 심지어 방대한 장서각에서 읽지도 못하는 라틴어 원서를 찾아야 하는 막막함 같은 시간이었다. 허영만이 『식객』에서 전한 바, "세상에서 가장 맛있는 음식은 이 세상 모든 어머니의 숫자와 동일하다"는 정의는 영화 속 음식에도 고스란히 적용될 터였다. 음식이 등장하는 영화의 숫자는 영화가 탄생한 이래 이 세상에서 만들어진 영화의 총 편수와 일치할 테니까.

음식과 관련한 한 줌 지식도 없이 시작한 막연한 작업이었으나, 누구나 쉽게 먹고 쉽게 찾을 수 있는 음식이어야 한다는 내 기준만큼은 엄격했다. 영화가 음식과 만난 맛있는 이야기. 더 깊고 우아하고 관능적인 음식과 영화 담론의 세계로 누군가가 바통을 이어받았으면 하는 바람이다. 거듭 말하건대, 은밀한 욕망을 상상력으로 분출시키는 일에 게으르지 않기를, 가장 사적이고 보편적인, 먹는 행복에 소홀하지 않기를….

수록 영화 목록

맛있는 영화관
영화평론가 백정우의 미각 에세이

초판 1쇄 발행 2021년 5월 10일
초판 2쇄 발행 2021년 12월 13일

지은이 백정우   펴낸이 오은지
책임편집 변홍철
편집 오은지 변우빈
디자인 김은영   펴낸곳 도서출판 한티재

등록 2010년 4월 12일 제2010-000010호
주소 42087 대구시 수성구 달구벌대로 492길 15   전화 053-743-8368
팩스 053-743-8367   전자우편 hantibooks@gmail.com
블로그 blog.naver.com/hanti_books
한티재 온라인 책창고 hantijae-bookstore.com

ⓒ 백정우 2021
ISBN 979-11-90178-47-1 03810